教育部人文社会科学研究青年基金项目阶段成果（14YJC752010）
中国博士后科学基金第 55 批面上资助项目阶段成果（2014M550966）
台州学院浙江省重点学科"比较文学与世界文学"资助成果

自由诗的形式与理念

李国辉 著

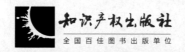

知识产权出版社
全国百佳图书出版单位

图书在版编目（CIP）数据

自由诗的形式与理念／李国辉著 . —北京：知识产权出版社，2016.1
ISBN 978 - 7 - 5130 - 3968 - 0

Ⅰ.①自…　Ⅱ.①李…　Ⅲ.①新诗—诗歌研究—中国　Ⅳ.①I207.25

中国版本图书馆 CIP 数据核字（2015）第 309571 号

责任编辑：刘　江　　　　　　　责任校对：谷　洋
封面设计：SUN 工作室　　　　 责任出版：孙婷婷

自由诗的形式与理念
Ziyoushi de Xingshi yu Linian
李国辉　著

出版发行：知识产权出版社 有限责任公司	网　　址：http://www.ipph.cn
社　　址：北京市海淀区马甸南村 1 号（邮编：100088）	天猫旗舰店：http://zscqcbs.tmall.com
责编电话：010 - 82000860 转 8344	责编邮箱：liujiang@cnipr.com
发行电话：010 - 82000860 转 8101/8102	发行传真：010 - 82000893/82005070/82000270
印　　刷：北京中献拓方科技发展有限公司	经　　销：各大网上书店、新华书店及相关专业书店
开　　本：720mm×960mm　1/16	印　　张：16.25
版　　次：2016 年 1 月第一版	印　　次：2016 年 1 月第一次印刷
字　　数：238 千字	定　　价：48.00 元
ISBN 978 - 7 - 5130 - 3968 - 0	

自　序

　　美国自由诗诗人威廉斯曾经认为，自由诗是一个误导人的术语，因为诗体无法"自由"。❶ 继艾略特之后，这种观点已经屡见不鲜，许多批评家认为真正的自由诗应该是自由的反面。

　　这些见解，其实是自由诗理论成熟期的标志。

　　英美和中国的自由诗，虽然发生的文化和美学背景不同，但是都经历着从初期极端的自由，到后期向形式规范回归的环状发展轨迹。换句话说，自由诗是从散文这一端，最终接近格律诗这一端。

　　向形式规范的回归，并不是对初期自由诗的背叛。相反，初期自由诗的个人主义精神仍然被保存下来，但诗人们把个人主义与形式融合了。个人主义并不是要取消形式，它只是要创造个性的形式。并不是没有个性的形式就不算是诗了，只要有诗的内容，无论用散文来写，还是用诗体来写，它都可以称作诗。因而初期的自由诗，虽然形式不讲究，但是不能说就比不上更讲究形式的自由诗。甚至初期自由诗更能代表自由诗的诗体力量和个性精神。如果要把诗（poetry）和诗体（verse）区别的话，那么自由诗实际上应该译作"自由诗体"，而非"自由诗"。就诗而言，它有无形式是没有什么关系的，甚至尼采的哲学著作都可以看作诗，但就诗体而言，形式就必须要认真经营。

　　休姆、斯托勒也好，胡适、郭沫若也好，他们主张诗歌抛掉固定的形式，并不是着眼于自由诗体（free verse），而是着眼于自由诗（free

---

　　❶　William Carlos Williams. Free Verse ［C］//Alex Preminger. Princeton Encyclopedia of Poetry and Poetics. Princeton：Princeton University Press, 1974：289.

poetry)。但因为诗无自由、不自由之分，只有诗体才有这一分别，所以"自由诗"是一个并不存在的东西。只要一个诗人声称他写的是诗，那么随他采用什么形式，这都是没有妨碍的，但只要他认为自己写的是自由诗体，他就不得不照顾到形式本身的规律。

自由诗从创立到成熟，之所以由极端的自由向一定的规范回归，其实就在于诗人和理论家认识到了这一现象。他们开始着眼的是诗，最后才意识到诗体的问题。因而自由诗的格律化，其实是自由诗"正名"的结果。本书出于使用上的习惯，仍沿用自由诗这一术语，但它实际上指的自由诗体。这一点读者诸君需要清楚，不然会带来许多不必要的争论。

英美两国对于这一诗体的认识已经清楚，自然就不会混淆自由诗的概念。但是在中国，自由诗仍是一个极为混乱的术语。傅浩先生曾指出，在国内，"迄今为止，关于自由诗的定义，什么是自由诗，还是没有一个共识，没有一个定论"，[1] 正是这种现状的生动写照。这样一来，给自由诗正名，寻找并确立自由诗的形式原则，就成为中国现代诗学的重要课题。

自胡适、闻一多等人以来，学界对自由诗形式的探索一直没有停下脚步。最近 20 年的研究，首先值得关注的是陈本益先生的。陈先生 1994 年出版的《汉语诗歌的节奏》认为，自由诗节奏单元与现代格律诗的单元一样，都以双音顿和三音顿（即二字音组和三字音组）为主，同时分析了自由诗的平衡、完整等建行原则，这两种原则分别以情绪的平衡和意义的完整为根据。[2]

许霆先生即将出版的《中国新诗自由体音律论》，也代表了对自由诗的最新思考。[3] 许先生从节奏体系的视野出发，将自由诗分为音顿、意顿和行顿三种主要单元。行顿是诗行层面上大的节奏单元；音顿是诗

---

❶ 傅浩. 西方文论关键词：自由诗 [J]. 外国文学, 2010 (4)：90.

❷ 陈本益. 汉语诗歌的节奏 [M]. 台北：文津出版社, 1994：589~607.

❸ 许霆先生曾惠寄未刊书稿，供笔者阅读，在此致谢。因为书稿并未付印，所以此处的引文只是暂时性的，不列页码。

行内部小的节奏单元，一般以二、三字为主，"主要是形式而非意义的划分"；意顿是"口语和意义自然停顿的基础上划分出来的节奏单元"，它的长度比音顿稍长，往往是四个字以上，有五个字的，也有七个字、十个字的。许先生也指出自由诗的节奏在建行上，有重复律和对等律的原则，其中对等律与陈本益先生的平衡原则接近，它与意义和情感关系密切。

陈本益、许霆二位先生的著作，对了解 20 世纪自由诗形式建设的整体图貌，对认识音顿在现代诗中的作用，都提供了坚实的基础。但是他们的理论中可能存在下面两个问题：

第一，音顿划分的机械性。二位先生祖述了 20 世纪众多理论家的观点，认为诗行最小的节奏单元是二音顿和三音顿。英诗音步主要以二音节和三音节为主，中国近体诗中，最多的也是两个字的停顿，这让现代的诗律家相信二音顿和三音顿便是普遍的节奏单元。但这明显是一种音步观念下的错觉。因为近体诗的诗行有平仄修饰，所以能够清楚地划分出音顿。英诗的诗行有轻重音修饰，因而也很容易确定音步，但是现代汉语书写的诗行，既无法每个字都讲究平仄，也没有英语的轻重音，只能依靠词语和句法的关系来划分，因而节奏单元的确立是完全不同于音步观念下的诗行的。这一点可以与法语诗比较来看。法语诗虽然诗行里有重音，但是重音很少，对诗行的影响小，音节的数量才是最重要的，就像斯科特在《法国诗体》中所说的，"法语中音节是核心"，"多一个音节少一个音节就意味着节奏结构的完全改变"。❶ 重音不明显的法语诗，现在采用的不是音步的模式，换句话说，不是用二音节、三音节的音步作为诗行的基本节奏单元，而是采用音节群，或者拍子来建构节奏，每个拍子含有的音节数量不一，因为根据句法和词语的关系来划分，所以拍子的长度明显加长，三音节拍子、四音节拍子和五音节拍子成为最常见的节奏单元。

虽然汉语和法语不大一样，但是它们都不是音步诗，而是拍子诗，

---

❶ Clive Scott. French Verse – art ［M］. Cambridge：Cambridge University Press, 2010：18.

它们的拍子都以词语和句法来划分，因而现代汉诗的节奏单元有两个新的特点：第一是节奏单元是变化的，没有基本的、主要的节奏单元；第二是节奏单元明显拉长，四字和五字的节奏单元比较常见。

笔者最早在《比较视野下中国诗律观念的变迁》一书中，梳理过机械划分音顿的理论，这种理论从新月诗派到孙大雨、卞之琳，再到王力和陈本益先生，都是一以贯之的。这即是 20 世纪中国诗律观念变迁的含义。诗人和理论家在机械的音步观念下来组织诗行，自然难合汉语的节奏。

第二，对声律的畏惧。英美诗人在 20 世纪早期，也宣扬破弃诗律，但是 20 世纪 20 年代以后，回归传统格律诗的人越来越多，很少有诗人害怕自己写的是"旧诗"。诗的新旧，不在于形式的新旧，而在于是否有新情调、新境界。虽然用自由诗体来写，但是用语老套，形象陈腐，这还是旧诗。虽然使用格律诗，但是有新的情感和风格，这丝毫不愧为新诗。中国文学革命之后，不少人刻板地认为只有形式才是判断诗之新旧的标准，凡是旧体作的就是旧诗，凡是新体作的就是新诗，因而对中国的声律生恐惧心，弃之不敢用。这是诗歌观念不成熟的特征。打一个比方可以看出中国诗人的可笑。五四新诗人就像是一个跟着别人走的人，英美新诗人好比是引路人。引路人告诉中国诗人，家是可恶的，于是中国诗人跟随英美诗人一起认真地流浪。可是走了一圈，引路人又返回去了——弗莱彻、艾略特、庞德都是肯定格律诗的自由诗诗人——但是中国的追随者还在荒野里乱转，最终找到引路人的家，并在那里定居下来，乐不思蜀。郁达夫也说过类似的话：

> 把中国古代的格律死则打破了之后，重新去弄些新的架锁来带上，实无异于出了中国牢后，再去坐西牢；一样的是牢狱，我并不觉得西牢会比中国牢好些。❶

---

❶ 郁达夫. 谈诗 [J]. 现代，6（1）：13. 文中的"架锁"应为"枷锁"。

　　但任何诗律都要以它的语言和诗律传统为基础。汉语的一个诗律特征是平仄，声律就是利用平仄的变化模式。虽然五七言的诗律现在已经不合用，但是五七言的落伍并不代表平仄诗律观念的落伍。五四新诗人们大胆地抛弃了声律，这有他们的历史意义，但是后来的新诗人们大多数胆子越来越小，他们不敢重用声律，倒是刘大白、赵朴初等少数人敢于尝试，而他们创新的程度仍然不够。今天汉诗的一个重大课题就是认真地、大胆地尝试新的声律。这需要有胆量、不同流俗的人才能完成。

　　吴洁敏、朱宏达就是有胆量的人，他们的《汉语节律学》已经在平仄与节奏单元的组合上，迈出了可贵的一步。他们的研究表明，在放宽的标准下，讲究诗行重点位置的平仄，是一种有价值、有实用性的理论。但新的声律学还远远没有成立，声律的使用方式还有许多潜在的探索空间，"鹤鸣在阴，其子和之"，这有赖于更多同仁一起努力。

　　正是本着上面的认识，笔者最近几年，写下了一系列论文，或者讨论英诗自由诗的形式限制问题，或者通过中英自由诗的比较，寻找二者的异同点，或者结合自己的实验，管窥自由诗形式的方向。这些论文虽然前后并无严格的逻辑性，但大都是围绕自由诗的形式和理念进行的，这就是本书题名的由来。

　　"光说不练假把式"，附录中的几十首诗，是笔者最近十几年的实验。这些诗并非都是按照我上面所说的原则来进行的，有一些诗写作的时候，没有有意进行节奏的组织。但也有一些诗，笔者在诗行和押韵上比较留心，实验了某些新形式的原则。

　　因为讨论自由诗需要有一些借鉴，英美和法国的自由诗理论都具有很高的参照性，所以我不顾粗陋，将译过的材料选了一部分，放到第二编中，希望能够给学人带来方便。

李国辉

2015 年 9 月

目　录

卷一　自由诗的形式与理念

卷二　自由诗初期理论选译

附录　自由诗诗稿

Contents

卷 一

自由诗的形式与理念

当代美国自由诗没落论及其反思

　　自由诗于 19 世纪末期在法国产生后，20 世纪早期迅速在英美崛起。伴随着自由诗的崛起，各种各样的诗学理论随之出现，人们对形式的关注达到前所未有的高度。在这样一个动荡期里，许多理论难以调和，许多理论家争吵不休，人们对传统诗律未能达成完全的谅解。然而就是在这样的环境下，不可否认的是，自由诗得到越来越多的关注，格律诗渐行渐远；自由诗渐渐成为一种主流形式，成为一种权力话语；格律诗慢慢沦为边缘，成为一种弱势话语。

　　在这一过程中形成了自由形式的神话，与其相对，格律诗背上了不道德的十字架，往往成为诗人烘托自由诗的反面角色。于是，自由诗被认为是民主的，是反权威的，是体现当代语言的，而格律诗则是非民主的，是机械的、固定的，是与当代语言相阻隔的。意象主义诗人亨德森曾断言："现在自由诗登入大雅之堂，而有韵的诗却被人看得有点寒酸、陈旧。"❶ 这正是这种观念的生动体现。

　　然而进入 20 世纪 80 年代前后，自由诗受到越来越多的批评，甚而出现自由诗没落的论调。自由诗原来是传统诗律的质疑者，现在它反而受到多方的质疑。自由诗的理念似乎已经陷入危机。

---

❶ Alice Corbin Henderson. Imagism：Secular and Esoteric ［J］. Poetry, 1918, 11 (6)：339.

一、自由诗没落论的理论主张

自由诗没落论与 20 世纪 70 年代后的新形式主义联系密切，许多批评家要么是针对新形式主义发论，要么本身便是新形式主义诗学的建构者。自由诗没落论的主要主张有以下两点。

1. 自由诗是新形式吗？

早期的诗歌试验者把自由诗看作具有先锋性、革命性的新形式，而当代自由诗则被许多人视为抱守残缺。布拉德·莱特豪泽说：

> 在较早些的时代，出现无形式的诗可能会给人一点震惊和新鲜感，但那个时代久已逝去了。无形式已成为我们国家的标准。……今天，这些自由诗诗人的韵律契约宣布："我保证反复变化的形式带来令人振奋的惊奇感"，但他们根本拿不出什么惊奇感。❶

莱特豪泽甚至宣布："自由诗的力量许多年前已臻极致，现在看来已是强弩之末。"❷ 莱特豪泽明示当代自由诗已经无可挽回地面临衰落，它的形式现在已成为一种重负，而非前进的推动力量。

无独有偶，鲁德曼把自由诗看作一种老古董，他说："自由诗在现在，已是一个古典的形式。就像洞穴墙壁上的题刻，像圣诗。"❸ 另一位诗论家斯蒂尔也把自由诗与古董联系起来，在他看来，自由诗倒比格律诗更古老："从历史的背景看，自由诗比传统英诗音律更加中世纪。"❹

---

❶ Brad Leithauser. The Confinement of Free Verse［C］// James McCorkle . Conversant Essays：Contemporary poets on poetry. Detroit：Wayne State University Press, 1990：165.

❷ Brad Leithauser. The Confinement of Free Verse［C］// James McCorkle . Conversant Essays：Contemporary poets on poetry. Detroit：Wayne State University Press, 1990：163.

❸ Mark Rudman. Word Roots：Notes on Free Verse［C］// James McCorkle . Conversant Essays：Contemporary poets on poetry. Detroit：Wayne State University Press, 1990：157.

❹ Timothy Steele. Missing Measures：Modern Poetry and the Revolt against Meter［M］. Fayetteville：University of Arkansas Press, 1990：287.

把自由诗视为一种"旧"形式，甚至比某些格律诗还古老，这与其说是一种时代观念，毋宁说是一种解构策略。它用自由诗得以产生的以新为是的价值观，对自由诗反戈一击。这是一种"以子之矛，攻子之盾"的做法，自由诗的反对者们好像置身事外，但实际上这是一种精心策划的政变。其实，上述理论家本身并不赞同新形式的优越性，他们和新形式的盟友关系，只是临时性的，他们更热衷于格律诗的"旧形式"。

2. 自由诗有形式吗？

一些自由诗没落论的倡导者指出，自由诗并不具有稳定的形式特征，或者干脆说，自由诗作为一种诗体，并不存在。

史密斯在《自由诗的起源》一书中，认为自由诗的形式和定义是不确定的，因而没必要寻找一个统一的形式定义。自由诗是一种对传统诗律的反常使用："从大的范围来看，自由诗类似于音律代替或表达变化的旧观念，它们存在于重音 - 音节诗行中。"❶

史密斯提出自由诗是一种"负规则"，它没有独立的定义和规则，所有规则只是针对格律诗。这种提法，让我们想到艾略特的"负定义"说："如果自由诗真是一个诗歌形式，它就会有个正定义，但我只能给它一个负定义：（1）没有诗律模式；（2）没有韵；（3）没有音律。"❷显然，史密斯的理论主张受到艾略特的影响。

斯蒂尔也指出自由诗在名称上是一种自相矛盾，他引用维廉斯的话，认为自由诗是"一个无形式的期间"。斯蒂尔指出早期的自由诗试验者们，把自由诗看作一种过渡，希望通过自由诗发现一种新的格律。结果却事与愿违，"事情没有合乎现代运动领导者们的期望，他们的革命胜利了，但新格律并未出现。"❸这种观点对自由诗可谓严重一击，因为在他看来，一种不合法的、没有独立形式的自由诗，现在却占据着诗

---

❶ H. T. Kirby - Smith. The Origins of Free Verse ［M］. Ann Arbor：The University of Michigan Press，1998：10 - 11.

❷ T. S. Eliot. Reflections on Vers Libre ［M］// Frank Kermode. Selected Prose of T. S. Eliot. San Diego：Harvest Books，1975：32.

❸ Timothy Steele. Missing Measures：Modern Poetry and the Revolt against Meter ［M］. Fayetteville：University of Arkansas Press，1990：280.

坛，浑然已记不起当初的诺言。真正的形式既然没有出现，作为权宜之计的自由诗自然该交差卸任。

虽然斯蒂尔和史密斯的主张，与早期的诗人们相差不远，甚至他们都受到了早期诗人的影响，但半个世纪之后他们对自由诗的反思，却有着更多的历史意味。我们不能将他们的理论仅看作重复、对早期诗人的响应，而应该将其理解为新视野下的一种验证：早期诗人们提出命题，而今天的诗论家得出结论。

3. 自由诗是心灵的表现吗？

早期的诗人赞美自由诗给诗歌带来了新活力，自由诗往往成为一种最接近心灵的诗体，它有着自己的节奏生命。洛厄尔在《意象主义诗人们》的"序言"中说："我们相信诗人的个性在自由诗中，常常比在传统形式中表现得好。在诗中，一种新的节奏意味着一种新的思想。"❶ 庞德甚至提出"绝对的节奏"（absolute rhythm）说，自由诗作为这种节奏的产品，它成为人心灵的对应物：

> 我相信一种"绝对的节奏"，在诗中，一种与情感或与要表现情感的余影（shade of emotion）精确对应的节奏。诗人的节奏必须要能说出个所以然，因而它最终是每个人自己的节奏，不能仿造，也无法仿造。❷

有机的形式（organic form）也好，自发的表现（spontaneous expression）也罢，这些学说与形式的心灵表现说同出一源。自由诗即是这些学说的自然产物。

然而当代的许多诗论家开始拒绝这种心灵表现说。史密斯提醒有机主义者，人不但是个体，也组成了一个集体，将诗歌看作心灵的独特表现，这歪曲了文学形式、语言的公共性：

---

❶ Amy Lowell. Some Imagist Poets [M]. Boston: Houghton Mifflin Company, 1915: vi – vii.
❷ Ezra Pound. Literary Essays of Ezra Pound [M]. New York: New Direction, 1968: 9.

诗歌不是个人愉悦的隐秘方式，也不是精神的疯狂放任，让自己相信自己是自生自在的。它也不是专注的智者才能觉察到的一个神圣模式。诗歌是人类的言辞，就最终意图而言，它是社会性的——是一封"给世界的公开信"。❶

在史密斯看来，有机主义源自灵魂不朽的宗教观：灵魂是第一位的，肉体是第二位的，因而文学形式应该成为心灵的印迹。这种宗教主义文学观并不能成立。诗歌实际上是一种集体交流的媒介，它不是隐秘性的表现。

斯蒂尔指出有机形式误解了自然，自然并非毫无法则，乱成一团；自然是确定的，是可以预测的，"如果一个诗人想奉行有机主义的做法，他自然而然地就要受制于某种规则性"。❷另外，心灵表现说还无视诗人积极的创造活动。按照心灵表现说，诗篇像植物一样开花散叶，诗人只是一个记录者，并非创造者："构思中的意志活动和橙子的生长没有可比性。声称有机创作的诗人，至少在一种意义上，同样地误解了创作和自然。"❸

一旦心灵表现说被摧毁，结果就很清楚了：自由诗并不紧附着心灵，也未反映心灵的微妙波动；它与格律诗并无二致，都是一种集体性的媒介；自由诗并无什么优越的表现力，甚至从某种角度看，自由诗还稍逊格律诗一筹，因为它不像格律诗那样能让人安稳地接受。

二、自由诗没落论的实质

虽然自由诗没落论把焦点投向了自由诗，从动机上看，这种理论并

---

❶ H. T. Kirby – Smith. The Origins of Free Verse［M］. Ann Arbor：The University of Michigan Press，1998：38.

❷ Timothy Steele. Missing Measures：Modern Poetry and the Revolt against Meter［M］. Fayetteville：University of Arkansas Press，1990：203.

❸ Timothy Steele. Missing Measures：Modern Poetry and the Revolt against Meter［M］. Fayetteville：University of Arkansas Press，1990：202.

不是对自由诗运动的激励，不是为了重振自由诗的活力，它是为了返回传统诗律，是对音律的重新呼唤。

评论家抨击自由诗形式的停滞和保守，并不是爱之深责之切，而是他们试图确立传统诗歌形式的一种策略。评论家对于自由诗的"没落"并非抱着一种惋惜的心情，相反，他们对于这种没落满怀期待。很大程度上，这种"没落论"带有一定的主观意愿。

评论家攻伐自由诗的同时，不遗余力地为传统诗歌形式助威呐喊。斯蒂尔说：

> 散文是更具包容性的媒介。它更流畅，更多变，它更利于不同种类的表达。尽管如此，在大半文学历史中，读者、听者更喜爱和尊重诗歌，诗歌也成为首要的文学艺术。它的首要地位源于音律。精妙的音律安排所具有的理性和声音的美感，超过了散文的诸多好处。❶

这一段话将自由诗没落论提倡者的立场揭示出来：传统形式比自由诗的形式更有地位，更加优越；自由诗运动虽然从散文上得到了一些力量，但高贵的音律能给诗歌更多东西。因而，自由诗没落论的实质，是对传统形式的重新肯定。传统形式和自由诗之争在 20 世纪一直没有停止。如葛兰坚（C. H. Grandgent）曾在他《旧与新》一书中这样说道："就形式而言，我心中有一大怀疑，即自由诗是散文的特殊发展，并非为诗，它的益处熟见于散文佳作，而它的弊端又陷其与俗作为伍。"❷葛兰坚的说法，还曾被吴宓译成中文，题作《译美国葛兰坚教授论新》，成为 20 世纪 20 年代学衡派对自由诗反击的有力武器。从葛兰坚的话中，可以看出他对自由诗和格律诗孰正孰偏的态度。

---

❶ Timothy Steele. The Superior Art ［C］// James McCorkle . Conversant Essays：Contemporary poets on poetry. Detroit：Wayne State University Press, 1990：131.

❷ C. H. Grandgent. Old and New：Sundry Papers ［M］. Cambridge：Harvard University Press, 1920：11.

早期反自由诗主义者，他们往往攻诘自由诗的合法性，维护诗律的美感和规则的价值。在早期，自由诗和音律往往引出新与旧、道德与革命等话题，形式具有伦理上的意味，在自由诗没落论者这里，自由诗和音律带来的是形式的本质和作用的问题，形式更多地成为一种工具。

自由诗没落论者对诗律有以下理解：

（1）音律是诗歌的光荣，而非耻辱。早期自由诗主义者，将音律看作诗歌的束缚，是一种人为的约束，必须要加以破坏。因而自由诗大多被看作一种非音律诗歌。自由诗没落论者恢复了诗律的名誉，诗律又成为诗学殿堂的座上嘉宾。焦亚呼吁自由和规则并不是评价标准，认为传统形式是退步的观念并不正确。斯蒂尔也明显站在这一立场上，在他看来，音律不但为诗歌的地位立下了汗马功劳，而且其本身具有独特的美感，这是散文无法比拟的。

（2）音律有利于诗歌的传播。斯蒂尔在《失律》一书中谈到音律的传播作用，这有点类似于中国诗学中的"言之无文，行之不远"。斯蒂尔说："音律是中性的。它是一种工具，有了它诗人可以让自己说的话更加有力，更容易记。"❶ 焦亚从诗歌起源的视角出发，同样得出这种结论："本质上看，音律是一种文字之前的技术，在书写发明之前，让语言可以记住。"❷ 其实音律具有深入人心的力量这样的话并不新鲜，郎吉努斯在《论崇高》中，就曾认为音律"天生地植入人们心中，不仅向听觉呼吁，而且向心灵本身呼吁"。❸ 当然，自由诗没落论具有更明确的历史视野。

（3）音律有利于诗歌的创作。早期的自由诗主义者将音律看作心灵的障碍，而没落论者反其道而行之，将障碍看作一大好处。莱特豪泽《自由诗的限制》一文说："在一个障碍下作诗是有益的，由于施诸其

---

❶ Timothy Steele. Missing Measures：Modern Poetry and the Revolt against Meter ［M］. Fayetteville：University of Arkansas Press，1990：290.

❷ Dana Gioia. Notes on the New Formalism ［C］ // James McCorkle. Conversant Essays：Contemporary poets on poetry. Detroit：Wayne State University Press，1990：176.

❸ Longinus. On the Sublime ［M］ // Hazard Adams，Leroy Searle. Critical Theory Since Plato. Beijing：Peking University Press. 2005：115.

上的困难，诗歌可能会做得更好……我们文学中许多最好的诗，都这样那样地受到了阻碍。"❶ 焦亚发现，音律的障碍更适合表现某种心理活动：

> 对一个诗人来说，用音律进行无意识的写作可能非常容易。甚至还可以说超现实主义在有形式的诗中更容易完成，因为在音律中，词语有规律的节奏催眠性地释放无意识活动。❷

焦亚的音律无意识表现说，可能受益于早期理论家瑞恰慈。后者在《文学批评原理》中曾提出音律和无意识活动的关系："所有的节奏和音律效果都源于期望。作为规则，这种期望是无意识的。"❸ 但焦亚的创新也显而易见，在瑞恰慈那里，音律的产生和效果与无意识有关，而在焦亚这里，与无意识结盟的是音律的表现力。

三、自由诗没落论的反思

早期的自由诗主义者，让音律具有某种价值判断；自由诗没落论者清除了音律身上的枷锁，这诚然顺乎人心，然而，矫正之余，自由诗没落论者是否会拿枷锁顺手再套住自由诗呢？这很令人担心。从自由诗没落论的理论看，这种担心并不多余。自由诗非新形式论、自由诗无形式论，恐怕也给自由诗打上"无用""落后"的烙印吧。这样的话，形式妖魔化的诅咒会仍然延续，人们可能并不能从自身的偏见中逃脱出来。

还好，这种担心不必过多。自由诗没落论者在哲学背景和形式取向上，也意识到这种一元主义的危害，因而警惕形式的暴政会重复下去。

---

❶ Brad Leithauser. The Confinement of Free Verse [C] // James McCorkle. Conversant Essays: Contemporary poets on poetry. Detroit: Wayne State University Press, 1990: 168.

❷ Dana Gioia. Notes on the New Formalism [C] // James McCorkle. Conversant Essays: Contemporary poets on poetry. Detroit: Wayne State University Press, 1990: 176.

❸ I. A. Richards. Principles of Literary Criticism [M]. London: Routledge and Kegan Paul, 1967: 103.

那么，自由诗没落论有什么样的哲学背景和形式取向呢？

（1）自由诗没落论背后有当代的去中心哲学。解构主义和后现代主义破坏了以往本质主义的观念，符号和声音、作者和文本，乃至于文本本身现在都出现了断裂。福柯在《知识考古学》中说："思想、知识、哲学、文学的历史，看来正在寻找、发现越来越多的断裂。"❶ 德里达则主张一种思想系统的多元主义："任何连贯的思想系统都有潜在的、无法解决的矛盾，因而多元、矛盾的理解必定同时存在。"❷ 如果把这里的思想系统替换为当代诗歌的秩序，那么对传统诗律的重视就是水到渠成的事情。在这种思潮的冲击下，一元论的思维慢慢解体，代之而起的是多元共存。这种思潮有助于批评家反思自由诗的统治地位，重新树立格律诗的牌坊。

（2）因为去中心哲学的作用，自由诗没落论并不取缔自由诗。20世纪初的自由诗是一种反传统运动，自由诗和格律诗的对立是不可调和的。当代自由诗没落论虽然是传统音律的复兴，但不是它的复辟，因为多元主义本身反对统一。如果取缔自由诗，虽然可以解 20 世纪初郁结下来的心中之块垒，但同样会重蹈前人之旧辙，所以自由诗没落论者有更加开放的文化胸怀，而自由诗没落论也不会流之为自由诗死亡论。其实，自由诗没落论者大都肯定自由诗的成就。斯蒂尔虽然为音律呐喊，但他并不贬低散文化的诗歌："散文是更具包容性的媒介。它更流畅，更多变。"❸ 夏皮罗的话更具代表性：

> 必须在自由诗和格律诗之间做唯一选择，这种思想是危险的。……从事格律诗的人要熟悉一个世纪以来的实验和创新，从事较宽松形式的人要熟悉 20 世纪之前的传统形式，这两点都很

---

❶ Michel Foucault. The Archaeology of Knowledge ［M］. New York：Harper Colophon Books, 1976：6.

❷ Jacques Derrida. The Postmodernism Reader ［M］. London：Routledge, 2004：23.

❸ Timothy Steele. The Superior Art ［C］// James McCorkle. Conversant Essays：Contemporary poets on poetry. Detroit：Wayne State University Press, 1990：131.

重要。❶

　　在这种理论的胸怀下，我们还可以进一步思考，对格律诗来说，这种运动是一次音律的复兴，而对自由诗来说，这同样是自由诗的重新出发。一旦放下自由诗与格律诗的二元对立，我们将其看作可以互相吸收、互相包容的，那么，在整个20世纪，自由诗就有了两个发展阶段：第一阶段是对传统形式的故意破坏，它自20世纪初期渐渐完成；另一阶段是对传统形式的有意融合，在20世纪20年代，虽然艾略特、弗莱彻已经开始尝试，但到七八十年代，这一阶段又有了新的开始。

　　一旦我们将自由诗没落论看作自由诗发展的新契机，既有危厄，又有机遇，那么，这种理论的价值就显而易见了，自由诗没落论将会给格律诗和自由诗都带来新的动力，虽然难以预测它在诗歌创作上的功绩，但这种诗学理论的努力是值得肯定的。

（原载《国外文学》2011年第3期）

---

❶ Alan Shapiro. The New Formalism [J]. Critical Inquiry, 1987, 14 (1)：201.

英美"自由诗"术语的谱系：1908～1919

英美自由诗最早使用的是法式术语"vers libre"，后来才采用英式术语"free verse"。术语的改变不仅折射形式观念的变更，而且涉及话语权力的建构，因而在术语的替换背后存在耐人寻味的原因。

许多自由诗的史实，越来越清晰地浮现在考古的土层上。但英式"自由诗"术语何时得到普遍使用这个问题，一直悬而未决。或许它并没有一个明显的年代，很难给出明确的答案，但这个问题并没有被人忽略。斯蒂尔曾指出，英美诗人采用英式自由诗术语比较迟滞，❶ 傅浩先生也注意到："刚开始庞德他们从法语里面借用了'自由诗'（vers libre）这个名称，来命名他们的实验诗，后来才把它翻译成英文的 free verse。"❷

斯蒂尔和傅浩虽然注意到这个现象，但他们没有作进一步的探究。英式自由诗术语是如何产生的？人们接受的状况如何？其中有哪些相互联合或对抗的力量？这些疑问都等待着解答。

一、英式"自由诗"术语的出现

要考察英语"自由诗"术语（以下简称英式术语）的出现，必须先从法式自由诗术语（以下简称法式术语）说起。现代意义上的自由诗运

---

❶ Steele Timothy. The Superior Art：Verse and Prose and Modern Poetry ［C］// Conversant Essays：Contemporary poets on poetry. Detroit：Wayne State University Press, 1990：16 – 17.

❷ 傅浩. 西方文论关键词：自由诗 ［J］. 外国文学, 2010（4）：92.

动产生于 19 世纪 80 年代的法国，作为这一运动的核心内容，法式术语也随即产生。据《新普林斯顿诗歌与诗学百科全书》，"vers libre" 一词为卡恩所创，时间为 19 世纪 80 年代末，❶ 但卡恩究竟在哪篇文章中使用这个词，目前还不清楚，如果《新普林斯顿诗歌与诗学百科全书》指的是 1888 年的《布吕内蒂埃：自由戏剧及其他》，那么这里的说法是有误的，因为卡恩这篇文章用的词是 "poëme libre"，并非 "vers libre"。不过卡恩这篇文章确实已经属于自由诗理论。就笔者最新的考证，法式自由诗术语的成型不晚于 1889 年，这一年，托梅在《艺术和批评》杂志上发表《象征主义诗人们》一文，文中将象征主义诗人个人化的节奏命名为 "自由诗"（vers libre）。1890 年，格里凡也写了一篇文章，叫《关于自由诗》（*A propos du Vers libre*），采用了这个术语。

在英、美两国，"vers libre" 一词的使用在 19 世纪 90 年代之后。从逻辑上看，应该先出现法式术语，然后出现英式术语。但是纷繁芜杂的历史往往和人开玩笑，1893 年罗伯特·布里奇斯就在他的名著《弥尔顿的韵律》中使用了 "free verse" 的词眼：

> 当英语重音诗的规则被人发现，我认为它们将解释写得很好的自由诗（free verse）的这些不规则之处，诗律家们现在正竭力想拿古希腊的长短音步的名字与这种自由诗相配，虽然它们之间没有自然的联系。❷

从语境上看，这里的自由诗与后来盛行于英美的现代主义自由诗并非一家，这里指的是不遵守传统音律，但仍然符合重音规则的诗，从归类上看仍在格律诗之内，这段话提醒人们 "free verse" 术语在使用上与假设的情况多么大相径庭，"自由诗" 术语注定与形而上学式历史相对抗，它的意义不是天生赋有的，而是诗学历史强制铸造的，是多种意义

---

❶ Alex Preminger & T. V. F. Brogan. The New Princeton Encyclopedia of Poetry and Poetics [M]. Princeton: Princeton University Press, 1993: 425.

❷ Robert Bridges. Milton's Prosody [M]. Oxford: Clarendon Press, 1893: 72.

博弈的结果。在自由诗意义生成的过程中，各种偶然的因素、各种支配的力量都可能将轮番上场，使得理性的推演成为不可能的事情，任何记录也都会退步而行，以便让位于新的发现和证据，因而任何事实和结论都可能是暂时性的。

法国自由诗理论真正介绍到英、美两国，最早可能是在 1893 年。当年 4 月，伦敦《现代语言季刊》刊发了《法国象征主义者》，文中对格里凡诗集《欢乐》的序言进行了述评，也谈到自由诗的理念："自由诗诗人，就像他们乐于称呼他们自己的那样，要求艺术中的绝对的自由；他们说唯一的尺度是美，而且诗人应该根据情感必然性的冲动，没有阻碍地选择他自己的节奏。"❶ 该文对自由诗提出了批评，认为它忽略了法国韵律的根本原则，因而自由诗是节奏散文，"肯定不是法国诗"。

美国的杂志很早对法国象征主义进行了关注，但是真正最早介绍自由诗理论的，可能是纽约的《哈珀新月刊》。英国批评家、诗人西蒙斯，在该杂志发表《文学中的颓废运动》，对法国自由诗的理论和实践作了介绍。作者特别推崇卡恩："自由诗（le vers libre）在大多数实验者的手里仅仅成为不押韵、不规则的散文，但在古斯塔夫·卡恩和爱德华·迪雅尔丹的手中，必须承认，它获得了某种它自身的美。"❷ 西蒙斯1899 年出版的《文学中的象征主义运动》一书，还曾对兰波的自由诗进行过介绍。

1895 年《纽约女士》（该刊物不设页码）杂志上的一篇文章值得注意：

"自由诗"（free verse）的采用，就像它名字所叫的那样，是当前年青诗人们寻找诗歌工具的一种尝试。它与法语的精神并不一致。吸引所有年青诗人的自由诗（vers libre）——亨利·德·雷尼

---

❶ L. E. Kastner. The French Symbolists [J]. The Modern Language Quarterly（1900 – 1904），1903，6（1）：10.

❷ Arthur Symons. The Decadent Movement in Literature [J]. Harper's New Monthly Magazine，1893，87（11）：863.

耶可能例外——在起源和发展上有美国血统。❶

这个杂志可能是用 "free verse" 对译象征主义自由诗 "vers libre" 最早的文章。文章将法国自由诗的起源，与惠特曼联系起来，这在 20 世纪初期也是法国有代表性的主张，比如德·古尔蒙 1896 年曾经说自由诗特别要归功于惠特曼。❷

美国的《纽约时报》也注意到法国诗学的新现象。1893 年，《纽约时报》刊登了《唤作象征主义的艺术》一文，文中对法国象征主义诗歌的自由形式进行了述评，还没有自由诗的名目；但在 1897 年 12 月的一期上，有一篇评价雷尼耶新书的文章，它已经注意到自由诗的问题。❸

进入 20 世纪后，出现了许多著作和文章介绍法国自由诗，比如 1903 年的《法国诗律史》，1904 年的《法诗的韵律》、《西储大学学报》发表的《1880 年以来比利时的法国诗》，它们都对法国自由诗理论有一定程度的介绍。1903 年发表的《法国的文学象征主义》一文还对自由诗作了反思，它指出自由诗理论最早的制订者卡恩 "夸大它的重要性"，作者认为自由诗并不是 "一个重大的创新"。❹

这几年仍然有令人 "尴尬的" 例外，如 1901 年出版的《诗歌的音乐基础》一书用音乐音符来解释诗歌的形式，同样出现了英式自由诗术语："与三拍的节奏相比，自由诗（free verse）在二拍的节奏中极少用——因为处理适当的节奏平衡更为困难。"❺ 这里的 "自由诗" 指的是节拍模式对诗人的约束比较少，诗人铸词造句比较自由，大多为三拍子的诗，它与通行的自由诗意义不同。这再次表明 "自由诗" 概念在不同话语领域内的存在可能。但随着对法国诗歌的介绍越来越多，术语间

---

❶ Vance Thompson. Polite Letters [J]. M'lle New York, 1895, 1 (2).

❷ Remy. de Gourmont. Le Livre des Masques [M]. Paris: Société dv Mercvre de France, 1896: 245.

❸ Strong, Rowland. M. Henri de Regnier's New Book [N]. New York Times, 1897 - 11 - 20.

❹ Albert Schinz. Literary Symbolism in France [J]. PMLA, 1903, 18 (2): 299.

❺ J. P. Dabney. The Musical Basis of Verse [M]. London: Longmans, Green, and Co., 1901: 47 - 48.

的博弈越来越激烈，"free verse" 的意义也渐渐向法国诗学靠拢。

虽然 1893 ~ 1903 年，"free verse" 的术语主要以法国诗学的意义为宗，但这个术语的意义将要降临在英美诗学的领地里。作为自由诗运动的主要力量，英美现代主义诗人是如何接触自由诗的呢？现代主义诗人最早使用该词的时间是 1908 年。这一年弗林特在一个英国刊物《新世纪》上发表《近来的诗》一文，文中对六位英国诗人的作品进行了评价，在谈到斯托勒的诗时，弗林特说：

> 斯托勒先生与所有诗歌传统作战：十四行诗、歌谣体、维拉内拉诗、诗节、诗体戏剧、叙事诗、说理诗、状物诗、英雄素体诗——一切都是错的，甚至押韵也仅仅为他勉强承认，作为偶尔的装饰，仅有的诗是自由诗（vers libre）……❶

文中还对自由诗的形式特点做了简单的描述：打碎英雄素体诗，遵循情感的流动，从本源上看，这种认识来自于法国自由诗的"个人的节奏"理论。将法国自由诗的概念借用到英诗语境之中，这不是用英诗来比附法诗，而是利用法诗来确定一个新的发展方向，是一种"拿来主义"。这篇文章发表之后，弗林特并没有休手，次年 2 月他在该刊发表另外一篇《近来的诗》，文中将先锋诗人的导师称号献给了马拉美，而休姆在次周发表《落伍的浪漫主义》回应弗林特，纠正了他的一个史学错误："现代自由诗（vers libres）运动的奠基人是卡恩和拉弗格。"❷

1908 年是一个时间节点，弗林特和休姆、斯托勒等人开始在索霍饭店开始周三晚上聚会，讨论诗歌革新问题。因为对英国诗歌失望，于是弗林特有了这样的想法："我们曾在不同时间提议用纯粹的自由诗（vers libre）、用日本短歌和俳句来代替它。"❸ 这一年年终，休姆在一次聚会上提交了他的《现代诗讲稿》，这个演讲休姆终其一生也未发表。

---

❶　F. S. Flint. Recent Vere [J]. New Age, 1908, 4 (5): 95.
❷　T. E. Hulme. Belated Romanticism [J]. New Age, 1909, 4 (17): 350.
❸　F. S. Flint. The History of Imagism [J]. Egoist, 1915, 2 (5): 71.

《现代诗演讲》是对后来的自由诗理论有深远影响，休姆呼吁打破诗律的"蛋壳"，采用诗人个人的表达："在印象主义绘画中得以表现的东西，不久就会在自由诗（free verse）这样的诗中得以表现。"❶ 休姆有意地与法国自由诗保持距离，他有成熟的自由诗观念，因而这是英美诗歌界最早的自由诗理论，也是英国诗学中真正的英式术语的首次出现。

休姆使用英式自由诗术语是早于弗林特的。弗林特在 1909 年 9 月对埃克尔斯的《百位法国诗人》评论道："他似乎否认自由诗（free verse）在法语中的可能性——即是说，根据诗人情感的流动和节奏来组词造句的诗，一种不是一个形式的填充物的创造品。"❷ 弗林特似乎受到休姆的影响，开始采用英式术语。但是就语境来看，弗林特这里的术语指涉的对象只是法语诗，因为论及的是"在法语中"的自由诗；这个术语不是真正的英式术语。终于到了 1910 年 1 月，弗林特著文指出：

> 当节奏自由的时候，一种更加自发的、纯粹的诗就产生出来；就像在建筑雕塑中，葡萄藤自由时要比有用时（对我来说）更加美丽一样。（规则诗节的写作，从它本身上看，就跟一个灵巧的把戏差不多，如果做得好，也会像杂技一样受人尊敬。我并不否认天才曾使用过规则的诗节，而且用它们创作出伟大的诗篇。一种形式上的成就可能是不容磨灭的，然而形式本身是个荒唐之物……《吕西达斯》是用自由诗［free verse］写就的。）❸

这是英诗语境中最早采用英式术语的出版文献。这篇文章不仅再度出现英式"自由诗"术语，而且使用的语境是在本国文学中——该文引用的诗例是济慈、弥尔顿等人的代表作，《吕西达斯》就是弥尔顿的诗——这是真正意义上的英式"自由诗"术语。文中还对自由诗进行了

---

❶ T. E. Hulme. Further Speculations［M］. Minneapoli：University of Minnesota Press, 1955：72.

❷ F. S. Flint. Verse［J］. The New Age, 1909, 5 (23)：412.

❸ F. S. Flint. "Scorn not the Sonnet"［J］. New Age, 1910, 6 (12)：286.

辩护，弗林特认为音律不过是一种微末的把戏，形式本身是荒唐的，是没有崇高价值的，而自由诗是心灵或者主题的需要。这实际上是赋予自由诗一种新的表现价值，从而令它担负起破除陈词滥调的使命。

从英式"自由诗"术语的初期使用情况来看，同是一个"free verse"，却有不同的存在语境，有很大的意义差别，具体来说，英诗传统诗律、音乐观念、法国诗律的介绍和研究、英国诗人的自由诗本土化意图都影响了这个术语意义的生成，这许多力量盘根错节，使得英式"自由诗"术语的起源和含义，脱离开本质主义的神话色彩。这个术语的许多意义并不是本文的关注点，真正的问题是，英诗领域中"自由诗"术语的未来际遇究竟如何。

二、自由诗术语的僵局

1910~1914 年，越来越多的诗人开始使用英式"自由诗"术语。庞德 1912 年 1 月在文章中指出一些不明就里的诗人，"一帮人指责形式——他们指的形式是外在的对称——一帮人反对自由诗（free verse）"。❶奥尔丁顿甚至发表《英国的自由诗》一文，他已经厌烦法式术语：

> 我们必须抛开"vers libre"这个术语，它甚至在法国也已失去所有意义。有人建议我们应该使用"无韵的调子诗"，但"自由诗"（free vere）既更符合英语习惯，又更明晰。❷

1914 年，不但许多意象主义诗人使用了英式"自由诗"术语，更多刊物都开始出现这个词，如《新世纪》《诗刊》《小评论》《自我主义者》等，因而奥尔丁顿的声明，似乎正是顺势而为，英式术语的正式确

---

❶ Ezra Pound. I Gather the Limbs of Osiris［J］. New Age, 1912, 10 (13): 297.
❷ Richard Aldington. Free Verse in England［J］. Egoist, 1914, 1 (18): 351.

立好像毫无悬念了。随后的几年间，事实却大相径庭，英式术语不但没有确定，不少诗人更是对这个词疑窦丛生，有些评论家甚至冷嘲热讽，它并没有按照奥尔丁顿所想的那样成为一个通用词，相反，它的适用领域倒较为有限。在这几年，有三种现象值得注意：

（1）英式术语和法式术语出现相互轮用的状况。虽然弗林特在1910 年使用了英式术语，但是随后几年的文章中，弗林特经常拣起法式术语来用，如 1910 年 4 月的《几首德国译诗》一文；庞德也是如此，他在 1912 年较早地使用了英式术语，但是在 1914 年发表的《传统》一文使用的仍是法式术语。有时，评论家会在一篇文章中交替使用这两种术语，如女诗人蒂金斯的《写作自由诗在精神上的风险》一文，就交替使用了四次法式术语、五次英式术语。

（2）从术语的使用者看，自由诗的实验者和批评者都曾使用过这两种术语。哈特曼指出："'自由诗'（free verse）是命名非音律诗的两个名字中的一个，它首先是由贬低者命名的，随后由诗人们自己命名它。"❶ 他认为英式术语的创造者是抨击自由诗的评论家，这并不正确。上文已经说明英诗语境中的"自由诗"术语，为休姆、弗林特所首用，而自由诗的批评者使用英式术语的时间基本在 1914 年之后。如蒂金斯1914 年指出"今天流行的自由诗（free verse）、多重节奏或者无论何种盛行于今被人唤作自由形式的形式，从事它们的写作似乎有一系列风险，尤其是危害"。❷ 1915 年的《观察》周刊曾经出现过《自由诗》（*free verse*）的文章，该文讽刺自由诗缺少形式的原因在于诗人懒惰，与诗人的想象力无关，它还讥讽自由诗不过是粗糙的"原料"，未经过形式的建构。❸ 这些批评家使用英式术语的时间明显要晚于现代主义诗人。另外一个现象是，自由诗的批评者也常使用法式术语，如菲克的《格律

---

❶ Charles O. Hartman. Free Verse: An Essay on Prosody ［M］. Evanston: Northwestern University Press, 1996: 10.

❷ Eunice Tietjens. The Spiritual Dangers of Writing Vers Libre ［J］. The Little Review, 1914, 1 (8): 26.

❸ Free Verse ［J］. The Outlook, 1915, 8 (110): 788.

自由与当代诗人》一文，使用的全部是法式术语。

（3）从文章中采用英式术语和法式术语的数量看，法式术语的数量更多，明显占优势，但英式术语所占比例呈现上升趋势。虽然这两种术语呈现交替使用的现象，但是从整体上看，术语使用的数量可以标示两种术语的接受程度。这个结论是通过抽样测定两种术语的使用数量获得的，样品为四种有代表性的刊物，美国刊物有两个：《诗刊》和《小评论》；英国刊物有两个：《新世纪》和《自我主义者》。经过统计，可发现在1914年，英式术语采用的数量非常少，《自我主义者》采用英式术语18次，但《诗刊》和《新世纪》都只使用了1次；《诗刊》使用法式术语最多，达21次，《小评论》也使用了20次。综合起来，这四种刊物使用英式术语的数量仅占总数的35%（见表1）。

表1　1914年四种刊物调查（含正文外目录中所用术语）

刊　名	Vers libre 出现次数（次）	Free verse 出现次数（次）	英式术语 所占比例（%）
《诗刊》	21	1	5
《小评论》	20	9	31
《新世纪》	2	1	33
《自我主义者》	10	18	64
总　和	53	29	35

1915～1919年这五年相比，《诗刊》上使用英式术语的次数并未显著增加，甚至有些年份使用的数量还在下降，但法式术语的使用次数减少很多。1919年四种刊物只使用法式术语30次，1918年更是低至15次。英式自由诗的比重呈波浪式增加的态势，以至于英式术语使用数量的所占比例开始超越半数，1915年35%，1916年42%，1917年24%，1918年50%，而1919年英式术语的比重达到总数的60%（见表2）。

表 2 1919 年四种刊物调查（含正文外目录中所用术语）

刊 名	Vers libre 出现次数（次）	Free verse 出现次数（次）	英式术语 所占比例（%）
《诗刊》	9	42	82
《小评论》	2	2	50
《新世纪》	19	1	5
《自我主义者》	0	0	0
总 和	30	45	60

从表 1、表 2 的数据可以看出，即使到了 1919 年，四种刊物使用英式术语的数量大增，但与法式术语相较，只是略胜一筹而已，英式术语与法式术语共存的局面并未打破，而前后六年的使用总数相比，法式术语明显占优。

奥尔丁顿呼吁抛开法式术语的声明已过五年，然而 1919 年法式术语仍然广为人用，这说明英语自由诗运动中，既有推动英式术语使用的本土文化诉求，又有相反的力量对抗，从而产生了术语使用上相对稳定的局面。

三、英式"自由诗"术语的危机

将法式术语本土化，这是自由诗运动时期的一个明显特征。庞德铸造的"意象主义者"（imagiste）这个词，就多了一个哑音"e"，属于法式术语，但它在 1913 年就被英语化了。门罗的《英语诗的节奏》一文中，出现的意象主义者就去掉了那个多余的字母；阿什莉在介绍庞德编选的《意象主义诗选》时，曾经直言用英式术语代替法式："让我们一劳永逸地将这个法语词英国化，再不用它。"❶ 事实证明，1914 年后，意象主义诗人大都不再使用"imagiste"（庞德是例外）。但法式"自由

---

❶ Charles Ashleigh. Des Imagistes［J］. The Little Review, 1914, 1（5）: 15.

诗"在英式术语产生之后，仍然广为流行，甚至在 1914～1919 年使用数量占优，这说明使用法式术语已不是庞德或弗林特的个人喜好，这背后肯定存在普遍的原因。

首先，从使用者的心理上来解释，自由诗诗人对法式术语可能怀有敬意。这种解释是符合情理的。弗林特曾经赞赏法国诗歌对斯托勒的启发，肯定法国象征主义对庞德的影响，而洛厄尔也曾说要在欧洲寻找诗歌资源："就纯粹的技巧而言，我必须承认对法国人有巨大亏欠，首先是亏欠所谓的巴纳斯诗派，尽管影响我的诗人大多不属于此派。"❶当然，法国象征主义诗歌给了洛厄尔更多的自由理念。由于对法国自由诗怀有景仰之情，这些诗人纷纷沿用法式术语，从情感心理上是说得通的。

其次，英式术语和法式术语含义上的差别，可能是导致法式术语继续使用的一个直接原因。虽然英美诗人往往给英式术语和法式术语画等号，但是"vers libre"和"free verse"确实有很大差别。斯蒂尔敏锐地注意到这一问题，他说："推迟采用英式术语，部分原因可以用这种现象来解释，即'自由诗'（free verse）听起来……是个自我矛盾。"❷这可以从词源上来解释。法式的自由诗在命名上来源于拉封丹的自由律诗（vers libres），它比"自由诗"术语多一个"s"，指的是传统诗行的混合形式：虽然每个诗行都符合传统规则，但诗行和押韵的组合有许多变化。法国自由诗比自由律诗在自由上走得更远，它主张打破每个诗行间语顿和音节数量的规范，获得更宽松的押韵。尽管法国自由诗打破了传统诗律的许多规则，它却仍然保留着传统诗律的许多特征，如音步和押韵。英语自由诗源出于法国自由诗，自然也有微妙的节奏运动，但英式术语"free verse"没有可资参考的自由律诗，人们容易把它与无形式、无规则联系起来。洛厄尔曾经对此做过认真的辨析：

---

❶ Amy Lowell. Swords Blades and Poppy Seed [M]. New York: Macmillan, 1914: 8-9.

❷ Steele Timothy. The Superior Art: Verse and Prose and Modern Poetry [C] // Conversant Essays: Contemporary poets on poetry. Detroit: Wayne State University Press, 1990: 17.

　　法语和英语在一个现象上有趣地区别开, 即很容易在法语中找到自由诗 (vers libre) 的例子, 而在英语中则很容易找到有律的散文。不带重音的法语一旦离开古典传统的支持和延续, 马上就变成自由诗 (vers libre); 而在英语中自由诗 (free verse) 与有律的散文的区别非常小, 以至于需要更为敏锐的耳朵去察觉差别所在。❶

　　洛厄尔在这里用法式术语来特指法语自由诗, 用英式术语来特指英语自由诗, 她表示, 英、法语的自由诗和散文、律诗这两个端点的关系都是一样的, 在自由诗一侧是律诗, 而在自由诗另一侧是有律的散文, 然后是散文。法语诗歌与自由诗距离很近, 但英语自由诗更接近有律的散文。因而使用法式术语, 将有助于强调自由诗与散文的差别。

　　自由诗的反对者对洛厄尔的分辨并不在意, 英式术语生发的联想以及自由诗诗人们创作上的不足, 似乎非常有利于他们批驳自由诗: 沃纳挖苦当时的自由诗与散文的唯一区别只在分行上;❷ 菲克则抱怨自由诗不服从诗律, 它是一种无形式, 就像无意识的吼叫。❸

　　为了使自由诗摆脱开无形式的泥潭, 许多英美诗人和学者认为法式术语 "vers libre" 是合理的, 而英式术语 "free verse" 则是一个错误命名。当奥本海姆 1916 年提出这个主张时, 他针对的就是英式术语, 这也开了批评 "free verse" 术语的先河。艾略特在《自由诗的反思》中认为自由诗最好改用别的标签, 虽然它使用的术语是法式的, 但它不过是代英式术语受过而已——艾略特讨论的是英语诗歌。

　　既然英式术语 "free verse" 是一个错误命名, 那么给它寻找新的名字就成为当务之急。弗林特、洛厄尔给它取名为 "无韵的调子诗", 后来又简化为 "调子诗", 洛厄尔并且说法式术语 "vers libre" 更应该译为 "自由诗行":

---

❶ Amy Lowell. Vers Libre and Metrical Prose [J]. Poetry, 1914, 3 (6): 217.

❷ H. E. Warner. Poetry and Other Thing [J]. Dial, 1915, 61: 92.

❸ Arthur Davison Ficke. In Defense of Vers Libre [J]. The Little Review, 1914, 1 (9): 19.

　　Vers libre 有它的含意，但由于对第一个词完全错译，它的意思就丧失了。法语词 vers 并不是指"verse"，而是指"line"。因而 vers libre 意思是"自由诗行"（free line），或者不必含有规定音步数量的一个诗行。❶

　　与洛厄尔不同，奥本海姆称其为"多重节奏诗"，甚至到了 20 世纪末，比约克隆还把它改名为"重组的音律"，认为传统的音律在自由诗中被打碎重组了。❷

　　所有这些新的命名，目的不仅在于采用一个更恰当的术语来翻译法式术语，更在于要给英语自由诗实践进行更好的总结，因而自由诗的命名问题，实际上是自由诗理论的核心问题，它代表了人们对自由诗形式特征的概括。新的命名行为，呈现了自由诗诗人探寻自由诗理念的努力，也有力地反击了自由诗反对者持有的自由诗无形式的观点，它给自由诗找到了遵守的原则。但这种做法明显存在一个历史的反复，英美自由诗运动之初，诗人们力倡自由和解放观念，而运动开始后，面对自由诗无形式的尴尬，诗人们又开始寻找自由诗的形式，力求把自由诗与散文切割开。

四、结　语

　　从 1908 年英式"自由诗"术语在英诗语境中的出现，一直到 1919 年，法式术语一直被普遍使用。英式术语占据主导地位的关键时间段，可能是随后的 20 年代，门罗发表了一篇总结性的文章《美国的自由诗运动》，布利斯·佩里出版了《诗的研究》，波尔·富兰克林·鲍姆出版了《英语诗律的原理》，布里奇斯也发表了《论自由诗》，这些著作

　　❶　Amy Lowell. Some Musical Analogies in Modern Poetry ［J］. The Musical Quarterly, 1920, 6（1）: 141.
　　❷　Beth Bjorklund. Form, Anti – form, and Informality: Reinventing Free Verse ［J］. Poetics Today, 1995, 16（3）: 564.

和文章，都使用了英式术语，理论家们要么在著作中辟出专节来讨论自由诗，要么在文章中整篇来总结它，英式术语深入人心。40年代后，英美诗歌界使用的基本上是英式术语了。

回顾1908～1919年的历史，可以看出，虽然受到法国诗歌的影响，英式自由诗术语的出现和使用，并不是一个有决定力量支配的现象，许多偶然事件促使在法国自由诗对英美两国发生影响之前，英式术语"free verse"就产生了，这些偶然的事件，有些是英诗传统诗律话语的结果，有些与音乐领域发生联系。英诗语境中的自由诗术语出现后，它并没有一劳永逸地取代法式术语，虽然有将法式术语英语化的推力，但对法语诗学的敬意、两种术语在各自诗歌语境下含意的差别、反对者们对自由诗无形式的攻击，都促使法式术语继续留用。自由既成为英美自由诗产生的信念和理想，又沦为自由诗的原罪而不得不加以救赎，术语的争论折射出人们对自由诗的不同心态，表明自由诗的概念本身有不统一的、矛盾的特性，反映了自由诗理论建构中的进退取舍。

（原刊于《外国文学》2013年第4期，据博士后出站报告《英美自由诗初期理论的谱系》重改）

自由的政治：英美自由诗初期理论的精神谱系

最近 30 年，英美学者对自由诗理论的兴趣渐渐增大，对它的理解也渐趋多元，自由诗理论的非统一性成为目前研究的热点问题。芬奇在 21 世纪到来时揭示，1917 年自由诗理论中出现了许多不同的声音，与意象主义有密切联系的诗人、批评家，甚至意象主义诗人本人，表露了自由诗幻想破灭的情绪。❶ 随后拜尔斯将自由诗理论推进解构主义的解剖室，他试图呈现自由诗在人们"想象"中的多种意义，而放弃本质主义的争论。❷ 芬奇和拜尔斯的观点有利于重新理解自由诗理论，但是他们的工作仍然有需要补足的地方，芬奇对 1908 ~ 1922 年的自由诗理论的内在矛盾语焉不详，而拜尔斯将自由诗分成四类的做法并未深入探讨理论的演变史。有感于此，笔者尝试以自由精神为着眼点，对自由诗初期理论作进一步的分析。

一、自由的乌托邦

自由诗理论中的自由精神最早显现出乌托邦的情结，这种情结出现的时间并不早，在古典主义文学理论那里它还未露面。古典主义诗人告

---

❶ Annie Finch. The Ghost of Meter: Culture and Prosody in American Free Verse [M]. Ann Arbor: The University of Michigan Press, 2000: 93 – 97.

❷ Chris Beyers. A History of Free Verse [M]. Fayetteville: University of Arkansas Press, 2001: 3.

诚人们，不要盲目听从情感，情感会将人引向歧路，而理性不但会确保
正果，而且与诗律相得益彰，如布瓦洛说：

> 热爱理性吧，希望你的作品一直
> 只受它的恩惠，吸取它的光泽和价值。❶

布瓦洛对情感并不信任，情感需要受到理性的节制。即使浪漫主义
诗人柯勒律治，也提醒人们情感的不可靠，他似乎把情感和真理的关系
看作成反比例的：激情越多，洞察力越少。然而 19 世纪中期发生了一
些变化，爱默生强调外在原则是第二位的，诗人内心才是第一位的：
"如果不是自出我心，没有什么法则是神圣的。……唯一正确的，是经
过我的心灵的；唯一错误的，是违背它的。"❷ 爱默生强调思想先于形
式，他把形式看作内容所赋予的。虽然爱默生的时代还没有先锋自由诗
出现，但爱默生的随笔中已经出现了自由精神，这种精神和后来的自由
诗理论非常接近。

英美自由诗理论发端于 1908 年，这一年休姆在诗人聚会上提交了
他的演讲稿，公然声称 "我对传统毫无尊重"，又说："在所有的艺术
中，我们寻求个性的、个人的表达的极致，而非得到任何绝对的美。"❸
休姆在文中流露出对自我的强烈崇拜，这种态度必定会投注到他的自由
诗理论中。在休姆看来，自由诗在这个时代更具有表现力，他好像对诗
歌形式抱有循环论或者进化论的认识：

> 必须承认，诗歌形式就像风尚一样，像个体一样，它们发展然
> 后死亡。它们从最初的自由演变到衰落，最后沦为癖好。它们在新

---

❶ Nicolas Boileau – Despréaux. Art Poétique ［M］. Cambridge：Cambridge University Press，
1907：2.

❷ Ralph Waldo Emerson. Selected Essays of Emerson ［M］. London：Penguin Books，2003：
179.

❸ T. E. Hulme. Further Speculation ［M］. Minneapolis：University of Minnesota Press，1955：
68.

人面前消逝，新人负载着更加复杂、更加难以用旧形式表达的思想。使用过滥之后，它们最初的效果丧失了。❶

这让人联想起卡恩在更早时候说的一段话：

> 确实应该承认，同社会风俗一样，诗歌形式有生有死，它们从最初的自由，一转而枯竭，再转而成为无用之技巧；此时，它们在新作家的努力面前销声匿迹，那些新作家关注更加复杂的思想，因而更难用先前有限而封闭的形式表达出来。❷

休姆确实借用了卡恩的观点，这显示出英美自由诗在发生期与法国诗学的渊源关系。但撇开这一层不讲，休姆认为自由诗的产生是时代本身的要求，旧的形式衰落之后，自由诗的表现力量开始担负起历史使命，由此自由诗在精神上就具有了时代合理性，它所起的作用并非标新立异，而是像旧形式初生时一样：重新恢复诗歌的自由。

自由诗何以具有这种优越性呢？休姆将判断的尺度设定为个性表达，即不讲韵律的诗歌更适宜表达个性。休姆似乎将个性表达更多地理解为表达方式，而非表达内容。历史上有所成就的诗人都发出了他们个性的声音，对于这些诗人而言，个性表达与诗歌形式并没有紧张关系。而休姆则激发了二者的矛盾，这实际上是通过篡改"个性表达"的固有意义实现的。休姆的个性表达更多偏重一种表达方式，由于表达方式的改变，因而引起阅读效果的改变，这种个性表达最终的落脚点就在"阅读效果"上，不在"内心情感"上。休姆似乎是在英国的"俄国形式主义者"，他和俄国形式主义者有些地方不谋而合。强调偏重表达方式的个性，这正是休姆的自由诗理论反传统的地方，他主张诗人可以随意决定诗行的长短、诗节的变化，认为自由诗是"订做的衣服"，可以相

---

❶　T. E. Hulme. Further Speculation ［M］. Minneapolis：University of Minnesota Press, 1955：68.

❷　Gustave Kahn. Premier Poèmes ［M］. Paris：Société de Mercure de France, 1899：23.

体裁衣，诗人可以"在它那里看到他自己"。这里的比喻耐人寻味，如果将自由诗看作"订做的衣服"，那么谁是它的制作者，是裁缝还是穿衣者，订做的衣服需要服从裁剪的规则吗？如果服从，那么订做的衣服与预先做好的衣服差别在哪里？这些问题实际上切中了休姆理论的要害，但休姆并没有心思回答这些问题，他只是想通过这个比喻，强调自我与规则或传统的对立。如果自我与规则或传统敌对起来，而自由站在自我这边，那么自由的位置就很容易确定了：自我愈远离规则、传统，则愈自由。所以休姆的自由精神，成为一种超现实、超历史的观念，它远远地与传统和规则隔离开，它和后者的关系是绝缘的。这种判断可以从休姆的文稿中得到验证，他否认自由诗和散文有何形式上的不同，二者的差别仅仅是语言——将自由诗的形式推到散文这一极，自由诗和格律诗的纯粹界限就建立起来了。

弗林特像休姆一样也提倡自由、纯粹的诗，他曾在《不要嘲笑十四行诗》中说：

> 当节奏自由的时候，一种更加自发的、纯粹的诗就产生出来；就像在建筑雕塑中，葡萄藤自由时要比有用时（对我来说）更加美丽一样。（规则诗节的写作，从它本身看，就跟一个灵巧的把戏差不多，如果做得好，也会像杂技一样受人尊敬。我并不否认天才曾使用过规则的诗节，而且用它们创作出伟大的诗篇。一种形式上的成就可能是不容磨灭的，然而形式本身是个荒唐之物……）❶

弗林特的这段话明显否定诗律的价值，认为诗律无非是一个"灵巧的把戏""荒唐之物"，而自发的诗、纯粹的诗才更可贵。将形式视为没有价值的东西，表明弗林特将诗歌价值确立在心灵这里，自我与规则不可避免地要产生矛盾。而另一方面，像休姆一样，自由与自我完美地结合起来。弗林特将自由诗视为心灵的内在需要，因而自由诗并不是武

---

❶ F. S. Flint. "Scorn not the Sonnet" [J]. New Age, 1910, 6 (12): 286.

断的、人为的形式，自由诗的产生可谓是自然而然。这句话似乎也有力地回应了质疑：如果你反对自由诗，那么你反对的不是一种形式，你是对自己心灵的背叛。弗林特也表现出最大限度地远离规则的倾向，这同样使自由诗和格律诗成为对立的二极："更微妙的情绪需要更自由的形式。"❶

从休姆到弗林特，自由诗摆出了与传统决裂的态势，格律诗成为自由诗的对立面，距格律诗越远，距自由诗就越近。这种凭空想象的自由诗的定位和特征，具有明显的乌托邦观念。它给人这种印象：自由诗不是一种新诗体，它是诗体的终结者。但是这种乌托邦的自由观念并未风行天下，1912 年后它迎来现实利益的挑战。

二、自由向规则的回归

自由诗既然力求打破传统诗律，自成一极，那么它将渐渐与散文融合，虽然休姆对此并不担心，但其他人则禁不住反思自由诗和散文的界限问题。卡塞雷斯曾经不无挖苦地模仿自由诗的口吻说："我是无形式的形式，毫无阻碍的诗行，风格的无政府主义和融化液。"❷ 这种嘲讽并非空穴来风，一些批评家认为自由诗就是分行写的散文，因而称它为诗是错误的，于是自由诗诗人非常恼火，经常费力地做某些词源上的澄清。自由诗在实践上的弱点甚至让庞德都非常担忧，他坚持自由诗必须精确地与诗人的情感保持一致，"事实上，自由诗已变得像它之前的软弱无力的变体一样冗长不堪。它自致其咎"❸ 那么，到底自由诗与散文的区别在哪儿？自由诗有何独特性呢？于是在 1912 年后出现了许多探寻自由诗"形式"的文章。

将自由诗与散文进行比较是最常见的办法。亨德森很早就思考诗歌

---

❶ F. S. Flint. "Scorn not the Sonnet" [J]. New Age, 1910, 6 (12)：286.

❷ Benjamin de Casserie. Defines Vers Libre in Vers Libre [J]. Current Opinion, 1916, 61 (1)：49.

❸ Ezra Pound. Pavannes and Divisions [M]. New York：Alfred A. Knopf, 1918：95.

与散文节奏的本质差别，在他看来这表现在节奏段（rhythmic phrase）上："散文的节奏起伏范围较小。它的周期性波动相当贴近水平线，虽然在这个范围内允许有相当多的微妙变化。"❶ 相应地，自由诗作为诗的一种，节奏的起伏范围较大，周期性波动距水平线更远。奥尔丁顿对自由诗的节奏还作过补充："这种自由诗不是散文。他的调子更快，更富有特征，它的'节奏常量'更短，更有规则。"❷ 需要注意，奥尔丁顿的话明显受到迪阿梅尔（Georges Duhamel）和维尔德拉克（Charles Vildrac）诗学的影响，托潘说这两人合作的《诗歌技巧评论》是意象主义诗人经常参考的，确实不错，洛厄尔、奥尔丁顿等人都曾谈论过这本书，甚至弗林特也接受了这本书的思想。奥尔丁顿的"调子"和"节奏常量"就是来自于《诗歌技巧评论》中的"cadence"（调子）和"constante rythmique"（节奏常量）。另外，1912 年弗林特在《当代法国诗》一文中，曾经介绍过《诗歌技巧评论》中的"节奏常量"说，弗林特的译文，成为意象主义诗人普遍参考的资源，促使诗人们开始思考自由诗的节奏问题。❸ 奥尔丁顿所讲的"调子"，实际上就是"节奏段"构成的声音效果，它似乎在诗中比在散文中频率更大。奥尔丁顿甚至将这种频率的数据具体化了："它比，或者应该比最好的散文在密集程度上高五倍，在情感强度上高六倍。"奥尔丁顿的数据从何而来不得而知，但他显然夸大了自由诗节奏的频率和情感的强度。要注意诗行长度与节奏频率的关系，比如 H. D. 的《花园》一诗，一行诗基本只有四个音节，两个音节、三个音节就构成一个节奏段，节奏的频率就快，而劳伦斯的《蝴蝶花的香味》有许多诗行音节超过了十二个，四个、五个音节往往构成一个节奏段，节奏的频率就慢。一般而言，诗行越长，它在节奏上与散文就越接近，二者的区别就越小；诗行长度越短，它在节奏上与散文就越疏远，二者的区别就越大。"高五倍"的看法过于笼统。

---

❶ Alice Corbin Henderson. Poetic prose and Vers Libre [J]. Poetry, 1913, 2 (2): 71.

❷ Richard Aldington. Free Verse in England [J]. Egoist, 1914, 1 (18): 351.

❸ 关于弗林特翻译的《当代法国诗》对于自由诗理论的影响，在笔者的博士后出站报告《英美自由诗初期理论的谱系》中有详细论述。

　　亨德森和奥尔丁顿等人给出的答案，还有一个因素需要考虑：分行。令自由诗节奏频率不同于散文的，分行是一个关键因素。亨德森辩护说真正的自由诗无法去掉分行，改成散文，但有必要提醒亨德森的是，自由诗和散文诗的界限并不清晰，最早的法国自由诗是兰波所作，而这两首诗也往往被人视为散文诗。如果不特意强调自由诗与散文诗的差别，就可以得出这样的判断，如果不给一首自由诗分行，它的节奏频率将与散文诗等同，与散文相近。也就是说，自由诗并没有区别于散文的明显形式特征。沃纳的攻讦于是便自然而然了，"富于激情的散文与自由诗的区别在我看来……仅是分行"。❶ 节奏频率说难以担负起赋予自由诗形式的重任。

　　于是，分析自由诗音节本身的特点，就成为自由诗形式问题的突破口。其实亨德森也看到了这一点，他指出："诗歌的节奏有更为集中的重音，重音的重复有规律或者没有规律，要遵照平衡的法则，强烈要求诗歌的间隔，即停顿。"❷ 受传统形式观念的压力，亨德森终于把自由诗和重音结合在一起，但又对传统诗律的重音有所忌惮，不得不给自由诗的重音另立规则，以保全自由诗的名节。由于重音是节奏段的标志，所以亨德森就很自然地认为自由诗重音更加集中，这仍然是"节奏段"的逻辑，当然，自由诗的重音更加平衡的说法，确实能使自由诗与散文相区别，但还有一个问题需要面对：自由诗重音的平衡，与格律诗相比不同点在哪里？亨德森至少在这时仍然存有疑惑。七年后，弗莱彻给出他的答案：

　　　　就像格律诗一样，自由诗体的诗篇依赖节奏的一致和均等；但是这种一致不是拍子的平均连续，像节拍器那样，而是音律来源不同的同等拍值诗行的对待。❸

---

❶　H. E. Warner. Poetry and Other Thing [J]. Dial, 1915, 61：92.

❷　Alice Corbin Henderson. Poetic prose and Vers Libre [J]. Poetry, 1913, 2 (2)：71.

❸　John Gould Fletcher. A Rational Explanation of Vers Libre [J]. Dial, 1919, 66：13.

　　如果将弗莱彻的观点说得更直白一点，他的自由诗形式是这样的：每行音步的数量相等，但一行之内、多行之间音步的构造不同，因而在组合上形成反差。这种形式观实际上是"音律化"的，它认为自由诗仍然是音律诗，但它的音律组合不同于传统的做法。这无疑是对早期自由诗理念的背叛：休姆大力倡导破坏音律在前，而弗莱彻则重归音律在后。弗莱彻貌似打着自由诗的旗子，实际上已经悄悄改变了旗子的颜色，与格律诗攀上了亲戚。休姆诗学中自我与规则的二元对立，现在遭到了清除，规则不再是自我的敌人，而自由也不再是自我的忠实盟友，三者的关系似乎变得暧昧起来。按照弗莱彻的理解，自由诗的自由，不是藐视形式的自由，而是利用形式的自由，自由诗撇不下自由，又对规则心猿意马。它与音律恢复了外交关系，这次的盟约不再是统一，而是变化。因而，弗莱彻的自由诗，几乎成为格律诗的变体，如果注意到格律诗中也有许多音步变化的现象，那么自由诗的名字最好改为"自由音律诗"。

　　艾略特也不喜欢"自由诗"这个名称，他似乎很讨厌"自由"这个词，在他看来没有诗歌是自由的，自由诗只是传统形式的变形，它和其他诗一样可以划分音步和重音。这也将自我与规则、自由诗与格律诗的对立取消了。同奥尔丁顿一样，艾略特也认为自由诗的自由，不是体现在逃避的意义上，而是体现在使用的意义上，"不存在逃避音律，存在的只是对它的精通"。❶——自由诗只是使用音律的一种变通形式。

　　除了音律外，自由诗还有其他的形式，洛厄尔告诉人们法国自由诗往往押韵，而且德·古尔蒙（de Gourmont）的诗"由于词语的重复，节奏的回复非常令人愉快"，❷洛厄尔并不想纯粹地研究法国诗歌，她的这番话可以看作对她诗歌实践的辩护。

　　面对寻找自由诗形式的浪潮，倡导绝对自由的诗人也没有作壁上观，庞德 1915 年也做出过反击，他强调自由诗的情感是形式的组织者，

---

❶ T. S. Eliot. To Criticize the Critic and Other Writings ［M］. London: University of Nebraska Press, 1991: 188.

❷ Amy Lowell. Vers Libre and Metrical Prose ［J］. Poetry, 1914, 3（6）: 219.

需要什么形式完全靠情感来定，形式本身并没有固定性，因而自由诗与音律的盟约是一纸空文。针对洛厄尔呼吁"词语的重复"，庞德说："毫无疑问，过于明显的'重复'可能是有害的。"❶ 但是从诗学界的整体状况来看，自由诗的形式已无可避免地建立起来，自由诗的自由精神已陷入危机，不得不在一定程度上返回到规则之中。许多传统规范现在压在自由精神上，自由诗的自由已不再是情感海洋中生成的风暴，而变成河道中有序的波浪了。

给自由诗寻找形式，实际上是赋予自由诗诗律特征，是将自由诗与格律诗联姻。在此过程中，法国诗歌和诗学的示范，传统形式美学的压力都起到重要作用。这种将自由诗、格律诗模糊处理的方式，是出于实用主义的考虑，因为这样既能让自由诗摆脱无形式的攻讦，缓和反对者的压力，又能利用现有技巧的优点，丰富自由诗的形式。

三、自由的篡改

自由诗还面临更为严峻的审判。在诗人们寻找自由诗的形式的同时，自由诗的反对者们无形中结成联合战线，向自由诗展开挑战。如果把自由诗和自由诗理论区别开来，把自由诗理论视为在历史中形成的，是各种力量综合作用的结果，而不仅是现代诗人们的私人探索，那么反对的理论也将成为自由诗理论的另一维度。

反对者们避开自由诗在形式选择上的自由，他们把自由精神与诗歌的表现力联系起来，规则的篡改造成格律诗自由、自由诗反倒不自由的结论。蒂金斯在1914年就告诫诗人们，写作自由诗是有危险的："这些危险是这种形式本身与生俱来的，直接归因于它。与对此话题的一般意见相反，写作自由诗与写作旧诗形式相比，需要更大程度平衡的智力。"❷ 这是对自由诗神话的一记重创。在休姆、弗林特眼里最适于表达

❶ Ezra Pound. Affirmations：As for Imagisme［J］. New Age, 1915, 16：350.

❷ Eunice Tietjens. The Spiritual Dangers of Writing Vers Libre［J］. The Little Review, 1914, 1 (8)：26.

个性的自由诗，现在被人认为存在先天缺陷，自由诗与自由精神的关系变得紧张起来。蒂金斯还告诉人们，写作自由诗不但不比写作旧诗轻松，而且它需要更多的智力，也就是说，自由诗并未拥有优势：

> 在创作传统节奏模式下押韵甚或不押韵的诗的过程中，心灵会不断地去过滤并且整理呈现出来的不同的形象——去测验它们，将它们颠来倒去，就像人们拼图时那样，直到它们完美地（或多或少）放进图案中。该过程虽然有时因为语言的物理构造，而略微歪曲了诗人的意义，但它有巨大的艺术优势，这就是排除许多偶然的、最初的联想——认真思考时能发现它们不值得说出来。自由诗的形式所缺少的，正是这种淘汰、权衡的过程。❶

蒂金斯实际上想说自由诗往往产生粗糙、原始的作品，这与"自由"的承诺大相径庭，休姆的量体裁衣，弗林特所认为的"自发的""纯粹的"诗现在成为遥远的神话，如果要克服自由诗形式带来的缺陷，诗人在创作时就必须时刻斟酌取舍，自我克制，这恰恰是自由诗的不自由。

蒂金斯没有全面否定自由诗，仍然对其抱有一定的信心，但数月之后，他的观点遭到菲克的责难。菲克是一个摇摆在自由诗和格律诗之间的人，有时他以一个先锋诗人和批评家的形象出现，有时又改头换面，令人无可适从。刚与蒂金斯唱罢对台戏为自由诗辩护，转瞬他又著文抨击自由诗，好似回到了蒂金斯的战壕之中。针对斯特林格（Arthur Stringer）和洛厄尔等人贬低格律的观点，菲克将格律重新提到很高的地位上："格律形式是诗人成功的条件和真正途径……形式是他的机会，而不是他的监狱——就像斯特林格早期的抒情诗所证实的那样。"❷ 在菲克的笔下，格律成为诗人可靠的、忠实的工具，是不可或缺的力量。菲克的话里似乎还隐藏着另一层意思，如果格律不是诗人的监狱，那么哪

---

❶ Eunice Tietjens. The Spiritual Dangers of Writing Vers Libre［J］. The Little Review, 1914, 1 (8)：26.

❷ Arthur Davison Ficke. Metrical Freedom and the Contemporary Poet［J］. Dial, 1915 (1)：11.

种形式是诗人的监狱呢？这隐藏的意思可能才是菲克真实的态度，而隐射自由诗是监狱就剥夺了自由诗手中的权力。菲克将他曾经批判的蒂金斯的观点照搬了过来："斯特林格所辩解的情感的自发表达，根本不可能产生诗；将粗糙的感情变成诗的，正是材料进入到一个艺术模式、一个表达结构、一个理性构思的压缩力量。"❶ 没有格律的自由诗缺乏这种压缩力量，自然难与格律诗相抗衡。菲克批评洛厄尔的 "无韵的调子"诗，认为它难以传达诗歌效果的强度，而情感的高度它也难以企及。针对自由诗易于传达复杂情感的说法，菲克也针锋相对地提出格律的优越性："节奏和押韵的错综复杂对于复杂情感的表达并不一直是个障碍……诗歌的最高元素仅仅伴随着那种独特的飞升状态才能存在，在此状态下，飘荡的想象力可以插上形式的、几何的美的翅膀。"❷ 这种柏拉图式的描述，似乎令格律登上诗歌美学的最高殿堂，它也含有乌托邦的观念，但与以前相反，现在是格律的乌托邦；"翅膀" 的隐喻提出了这样的问题：到底是谁令诗歌自由高飞，是格律诗还是自由诗？

　　蒂金斯和菲克批判自由诗，都是从恢复格律价值着手的，他们竭力告诉人们，自由诗形式自由，因而导致诗歌艺术的不自由。诗律学家布里奇斯则将解剖刀直接伸向了自由诗的形式，他认为自由诗在形式上也不自由："我们很自然地想问，一旦废弃了旧形式，我们是否可能获得任何新形式，或者是否 ‘自由’ 纯然是去除所有的形式。"❸ 布里奇斯认为只要自由诗与散文建立起区别，自由诗就不可避免地拥有形式，他对法国诗人迪雅尔丹的 "节奏音步" 说比较感兴趣，这种节奏音步是由声音和意义共同组成的，它能令人对诗歌的调子产生期望心理，自由诗的形式主要体现在节奏音步上。这样一来，自由诗的自由就需要重新理解了，布里奇斯给出了悖论式的诠释：

---

❶ Arthur Davison Ficke. Metrical Freedom and the Contemporary Poet [J]. Dial, 1915 (1)：11.

❷ Arthur Davison Ficke. Metrical Freedom and the Contemporary Poet [J]. Dial, 1915 (1)：12.

❸ Robert Bridges. A Paper on Free Verse [J]. The North American Review, 1922, 216 (804)：648.

自由诗的作者不可能逃出这种状况：其实他对音律的反对建立在承认节奏的基础上：他替节奏呼吁，它们才是根本的、支配的事物。他抛下他的可见的锁链，但他并没有躲进自由之中。如果他自己给自己施加法则，这只是因为他无意识地听从了他所诉求的更大的法则的原因。❶

布里奇斯的态度是很明显的，与其说自由诗摆脱了法则，还不如说它受约束的状态更加严重了，因为支配自由诗的，现在是一种更大的法则：节奏。认为自由诗自由的想法，只是无视事实的一厢情愿。如果说格律诗受制于明显的规则，那么自由诗受制的就是一种隐藏的规则。接下来能推出什么结论？如果自由诗受限的程度更大，这是不是意味着格律诗更加自由一些？

自由诗要讲究节奏，又要小心避讳音律，对音律疏远，就令自由诗面临一些不利因素。布里奇斯在这一点上与菲克达成一致，他总结出自由诗的四大缺陷：

（1）黏合力的丧失（诗行对措辞、节奏、声音的黏合力）；

（2）不自然；

（3）诗行建构的雷同；

（4）次要重音的游移不定。

这里不用逐个解释每一条的具体意义，只需要把握布里奇斯的总体态度就可以：布里奇斯想说因为缺少音律的有力支撑，自由诗在诗行的许多方面都面临困难，它难以有效地组织诗行。如果说得更露骨一些，布里奇斯想告诉人们，自由诗并没有多少自由的资本，格律诗恐怕更加富有。

菲克、布里奇斯等人对自由意义的篡改，表面上是打击自由诗，但其深意是离间自由精神与自由诗的关系，促使格律诗控制自由这个话语

---

❶ Robert Bridges. A Paper on Free Verse ［J］. The North American Review, 1922, 216 (804)：653.

权。自由诗因而像遭到罢黜的君王一样，它曾经的印信现在仍在使用，不过发号施令者现在另有其人。格律诗完成了一次引人入胜的政变。

四、结　语

福柯曾指出，历史是许多规则共同发生作用的结果，充满着偶然的因素，而规则往往被人篡夺，规则因而不断地遭受歪曲，"规则本身是空洞的、暴力的，并未最终固定下来，它们是非人格的，可以屈从于任何目的"。❶ 从休姆到布里奇斯的这十几年里，可以看到，出现了三种较为显著的理论倾向，它们都提倡自由精神，但是对自由的理解互相不同，自由的规则不断地遭受更改，甚至是篡夺。休姆、弗林特等人抱着的自由观是乌托邦式的，是与传统格格不入的，奥尔丁顿、弗莱彻等人的自由观，则是实用主义的，是与传统相调和的，而菲克、布里奇斯等人的自由观则是话语权的篡改。

围绕自由精神，许多话语在暗中施加影响，现代先锋美学观念、传统美学观念、法国诗学、英国诗学、法国诗歌、英国诗歌，这许多美学、文学因素决定着自由精神的天平向哪个方向倾斜。英美自由诗初期理论因而变成一个杂语共生的荒野，甚至成了一个伪问题，因为它一直是变化着的、斗争着的，具有稳定结构的理论从来也没有存在过，发展的脉络也无法清晰地勾勒出来。人们能有效观测的可能只是一些力量，这些力量有些起着相反的作用，有些错综在一起，它们共同开辟出一条曲折的自由诗理论的"河道"。

---

❶ Michel Foucault. *The Foucault Reader*. Edited by Paul Rabinow（London：Penguin Books，1991）85.

从美国《新诗集》到胡适《谈新诗》

　　胡适文学革命的主张与意象主义的渊源，自梁实秋探查以来，❶ 一直为人重视，方志彤、王润华等人都肯定胡适与洛厄尔、庞德的联系，尤其是方志彤，他曾主张说："胡适的'八事'受到意象主义的影响这个事实不能轻易否定，对 1917 年中国文学革命而言，庞德是教父，洛厄尔是教母。"❷ 后来周策纵又指出："胡适在留学日记出版的二十来年后，提到过他的意象主义知识，他的 1916 年年末的日记中，含有他认为意象主义的几条原理与他自己的诗学理想相近的话。"❸ 胡适文学革命之前的意象主义渊源，因而就有了实际证据，许多现代文学研究者都认同方、周二人的观点。

　　这段公案本应尘埃落定，但实际上这几十年来，否定的观点仍然屡见不鲜，有人推测意象主义与胡适发难期的诗学没有必然联系，❹ 也有人认为胡适的"八不主义"主要脱胎于中国传统诗学。❺ 再加上胡适本人也曾说过他的文学革命与"欧美的文学新潮流并没有关系"的话，这使得胡适诗学的意象主义渊源成为一个无法厘清的难题，已经成为现代

---

❶　梁实秋. 现代中国文学之浪漫的趋势 [J]. 晨报副刊，1926 – 03 – 25：57.

❷　Achilles Fang. From Imagism to Whitmanism in Recent Chinese Poetry [C] // Horst Frenz, G. L. Anderson. Indiana University Conference on Oritental – Western Literary Relations. Chapel Hill：The University of North Carolina Press, 1955：180 – 181.

❸　Chow Tse – tsung. The May Fourth Movement [M]. Cambridge：Harvard University Press, 1960：30.

❹　旷新年. 胡适与意象派 [M]. 中国文化研究，1999 (3)：52.

❺　文雁，莫海斌. 胡适与美国意象派：被叙述出来的影响 [M]. 暨南学报 (人文科学与社会科学版)，2004 (2)：88 – 92.

文学史的一大悬案。

解决这个悬案的关键，在于能否运用影响研究的方法，重新发现新的证据和材料。本文希望借助美国诗集和杂志的调查，拨开这个历史迷雾。

一、蒂丝黛儿的背后

胡适《文学改良刍议》一文的思想，形成于 1916 年夏季，同年 12 月 24 日《纽约时报》发表题为"新诗"（*The New Poetry*）的通讯文章，文中介绍了洛厄尔女士的《意象主义诗人序言》（以下简称《序言》）。据《胡适留学日记》，胡适看到这篇文章的时间，当在 12 月 26 日之后，次年的 1 月 13 日之前。在这时段之前的 1916 年 7 月，胡适和梅光迪的来往书信中，已经出现"Imagism""Free Verse"的术语，❶ 因而可以推断，胡适在 1917 年文学革命之前，就已经对意象主义有所耳闻，问题的关键在于胡适是否读到过意象主义的原始文献。而胡适文学革命的八条主张，在 1916 年 8 月胡适给朱经农的信中正式形成，比洛厄尔女士的这篇文章的出现还早了几个月，另外，洛厄尔女士的六个戒条，也与胡适的八不主义相差甚远，❷ 显然胡适的文学革命主张，不可能受到《纽约时报》发表的洛厄尔诗学的影响。

胡适把《序言》中的观点，记在了留学日记里，题为《印像派诗人的六条原理》。正是这则日记，提供了胡适受到美国新诗运动的直接证据，但上文已经说明，这个证据不能证明胡适文学革命的主张是在洛厄尔女士的影响下发生的。

除了《纽约时报》上引用的洛厄尔女士的几个戒条外，在胡适的书信和书籍中，再也看不到洛厄尔任何别的诗学观点，这说明胡适接触到

---

❶ 胡适.胡适留学日记［M］.上海：上海书店，1990：982.
❷ 洛厄尔的六个戒条中，除了"使用平常的语言"，与胡适的"不避俗字俗语"相类外，其他的皆不相同，如"呈现一个意象""使用新的节奏""允许主题选择上有绝对的自由"等。

的洛厄尔的理论，是非常有限的。洛厄尔的《序言》并不能充分说明胡适与意象主义的诗学渊源。于是，一些学者开始寻找别的资料，试图坐实意象主义对胡适的影响关系，最有利的证据，是由新加坡学者王润华提出来的，他认为自己可能发现了比《序言》更早的材料：

> 美国女诗人蒂丝黛儿（Sara Teasdale）的诗《屋顶上头》（*Over the Roofs*），被胡适译成中文，题名《关不住了》，并当作创作收集在《尝试集》里，不但如此，而且还说《关不住了》一首是我的"新诗"成立的纪元。最奇怪的，蒂丝黛儿这首诗原来也是发表在第三卷第四期的《诗刊》上……❶

王润华这里有个小错误，蒂丝黛儿的《屋顶上头》，发表在《诗刊》第三卷第六期，不是第三卷第四期。抛开这点不说，王润华的研究实在值得尊敬，他是第一个找到事实联系的人。早期的梁实秋、梅光迪，后来的方志彤、周策纵，都曾提出胡适与洛厄尔、庞德的联系，但他们下的结论是"可能性"的，不是"必然性的"。王润华试图客观梳理意象主义诗人蒂丝黛儿和胡适的联系，那么，蒂丝黛儿背后更大的意象主义诗学世界，就完全向胡适敞开了。

王润华的思路是这样的：《屋顶上头》发表在《诗刊》上，胡适要翻译它，就一定要翻阅《诗刊》，这样一来，同样刊登在《诗刊》上的意象主义理论就应进入过胡适的视野，影响也就得以确立。因而，《诗刊》成为审视胡适诗学资源，甚至理解新文学革命的关键环节。

胡适到底有没有看过《诗刊》呢？下面先从胡适的译诗说起。

胡适的译诗《关不住了》发表在《新青年》第六卷第三期（1919年3月）和《新潮》第一卷第四期（1919年4月）上，译诗除了署名"Sara Teasdale"原著外，并未透露多少信息。两处的译诗除了附录的原文中有一处漏掉了"white"以及存在一处"的""地"的替换外，并无

---

❶ 王润华. 中西文学关系研究 [M]. 台北：东大图书，1978：237.

大的区别，倒是《尝试集》提供了更多的细节。《尝试集》中的译诗后面有一句话："八年二月二十六日译美国新诗人 Sara Teasdale 的 *Over the Roofs*。"❶ 这说明胡适翻译蒂丝黛儿的时间是 1919 年 2 月，比发表时间只早了一个月。

　　1919 年，胡适正在国内，试问胡适从什么出版物上看到了蒂丝黛儿的诗？果真是意象主义诗人的主要园地《诗刊》吗？如果胡适手里拿的是《诗刊》的话，那么他获得这本刊物的途径只有两个：第一，是留学归国时带回来的；第二，是在国内购买的。先看第二个可能性是否成立。胡适归国是 1917 年，而蒂丝黛儿发表《屋顶上头》的时间是 1914 年，胡适在国内购买这期《诗刊》，当在原刊出版的 3 ~ 5 年后，从条件上看无法办到。要知道在 1919 年胡适译诗时，《诗刊》已经在美国出到第八卷（作为一种月刊，到 1919 年 2 月，它已经又新出了 58 期），面对一个由私人捐助而创办的民刊，面对并不畅销、发行量小的文学期刊，胡适归国重购《诗刊》的可能性可以排除掉。再看第一种可能：胡适在留学时期就已经购买了该刊，而且是刊物出版后及时购买的。这个可能性是否存在呢？1914 年胡适正在康奈儿大学读大三，还没有获得学士学位，就胡适广泛的阅读量来说，也是有这个可能的，但仔细探寻一下，这种可能性仍然可以排除掉，因为胡适读书每有心得，则在日记中记之，胡适经常翻阅《纽约时报》《纽约晚邮报》《世纪杂志》等，也常记在日记里，但他的日记中没有一次记录过《诗刊》的名字，以胡适之个性和气度来看，自然没有看到过该期的《诗刊》。胡适在国内和国外都没有看到《诗刊》还有一个重要原因，《屋顶上头》这首诗发表的那一期里，正好有洛厄尔女士的一篇代表作：《自由诗和有律的散文》（*Vers Libre and Metrical Prose*）。洛厄尔这篇文章着重分析了自由诗和散文以及有律的散文的差别。洛厄尔认为三者的不同根源在于节奏波动的长度和形状：自由诗的波动较短，有一种期待感，而另外两种波动较长，缺乏这种心理的期待。在这篇文章的开头，有一句话："自由诗这

---

❶　胡适. 尝试集 [M]. 北京：人民文学出版社，1984：44.

个名称源于法国，用来描述对单调老套的法国诗律的革命。"❶ 这是美国较早探讨自由诗节奏的一篇文章，是洛厄尔的代表论文之一。一心想进行文学革命、打破诗律束缚的胡适如果看到这篇文章，难道不会引发感想？他的日记和著作中难道不会留下蛛丝马迹？但我们在胡适的著作中找不到什么地方提到了这篇文章；从胡适的诗学理论里，也看不到这篇文章的一丁点影响；另外，胡适文学革命发难期的文章里甚至都没出现过"自由诗"这个名目，一切信息都说明胡适没有接触过《诗刊》。

因而我们有理由相信，王润华提出的《屋顶上头》这则新材料，不能证明胡适看过《诗刊》，不能证明胡适在 1916 年 8 月之前，看到过洛厄尔的理论。结合胡适的日记，一个合理的结论是：胡适在 1917 年之前确实对意象主义有所耳闻，但没有对意象主义有过深入的阅读，胡适最有可能是从报刊上看到了泛论意象主义的文章。因而，胡适所言他的主张与欧美文学新潮没有关系是可信的，胡适文学革命发难期的主张与意象主义是没有深刻联系的。

然而，还必须解释另外一个问题，胡适既然没有看过《诗刊》，他又是从哪里看到了蒂丝黛儿的这首诗？胡适留学时经常翻看当时的期刊和杂志，那么蒂丝黛儿有没有在其他刊物上重新发表《屋顶上头》这首诗，结果被胡适看到呢？

《百刊诗选》（*Anthology of Magazine Verse*）是当时的一种连续出版物，相当于美国诗歌年鉴，它详细整理了每年各种杂志上诗人发表的作品，列有清单，并且选录最好的诗作重印。如果蒂丝黛儿在其他杂志上重发这首诗的话，《百刊诗选》应该记录在案，那么我们再看看《百刊诗选》里蒂丝黛儿的档案：

（1）1915 年卷。收录蒂丝黛儿 1913 ~ 1914 年发表的诗作、存诗不下 30 首，分别发表在《世纪杂志》《斯克里布纳杂志》《打钟人》《里迪的镜子》《时尚者》五种刊物上。没有看到别的刊物上发表过《屋顶上头》。

---

❶ Amy Lowell. Vers Libre and Metrical Prose [J]. Poetry, 1914, 3 (6): 213.

（2）1916年卷。收录蒂丝黛儿1915年10月～1916年9月发表的诗作，共计16首，分别发表在《耶鲁评论》《诗刊》《世纪杂志》《北美评论》《打钟人》《斯克里布纳杂志》《哈珀杂志》《美国诗歌评论》《时尚者》上。没有《屋顶上头》一诗。

（3）1917年卷。收录蒂丝黛儿1916年10月～1917年9月发表的诗作，共计21首，发表在《里迪的镜子》《诗刊》《抒情诗》《打钟人》《哈珀杂志》《人人杂志》《时尚者》《牧歌》《好家政》《麦克卢尔杂志》上。没有《屋顶上头》一诗。

（4）1918年卷。收录蒂丝黛儿1917年10月～1918年9月发表的诗作，共计20首，发表在《诗刊》《时尚者》《人人杂志》《好家政》《科利尔周刊》《里迪的镜子》《打钟人》《当代诗歌》《诗歌期刊》《试金石》《哈珀杂志》上。没有《屋顶上头》一诗。

（5）1919年卷。由于出版时间在9月之后，而胡适在2月就看到译诗原稿，故不著录。

由此看，蒂丝黛儿并没有另外发表《屋顶上头》这首诗。

除期刊、杂志可能重新发表这首诗外，当时美国的各种诗选以及研究的论著可能选录这种诗。1914～1919年2月，美国有影响的诗选和论著如下：

（6）1918年出版《20世纪英诗发展录》（*The Advance of English Poetry in the Twentieth Century*），书中除了介绍蒂丝黛儿的生平著作外，还引述了她的几首诗：《黄昏》《同情》《一个祈祷者》。

（7）1919年出版《新的声音：当代诗歌选评》（*New Voices：An Introduction to Comtemporary Poetry*），书中选了不少蒂丝黛儿的诗：《回答》《我将在你的爱中活着》《灯》《树叶》《和平》。

（8）1919年出版《美国诗歌的新时代》（*The New Era in American Poetry*），书中评论了蒂丝黛儿，选录了她的几首诗，如《作歌者》《春》《可怜的房子》等。

（9）1919年出版《我们今天的诗人》（*Our Poets of Today*），书中第二章专论蒂丝黛儿，引述了她如下几首诗：《阿马尔菲的夜歌》《注视》

《春晚》《"我不是你的"》《心情》《蜂与花》等。

（10）1919 年出版《现代美国诗》（*Modern American Poetry*），书中选蒂丝黛儿 6 首诗，如《春晚》《睡莲》《我不会在乎》等。

这些诗选或论著中都没有提到《屋顶上头》一诗，那么，蒂丝黛儿会不会在自己出版的诗集中收录这首诗呢？

（11）1915 年，蒂丝黛儿出版诗集《百川到海》（*Rivers to the Sea*），没有《屋顶上头》一诗。

（12）1917 年，出版诗集《情歌》（*Love Songs*）——这个集子是 1917 年再版的——集中没有《屋顶上头》一诗。

这些材料都指向一个结论：《屋顶上头》这首诗自 1914 年在《诗刊》上发表后，再也没有在别的刊物和书籍上发表过。胡适不可能从别的渠道找到这首诗。当然，只有一本诗集例外，这本诗集名叫《新诗集》（*The New Poetry：An Anthology*）。

二、《新诗集》和胡适

《新诗集》由门罗（Harriet Monroe）和享德森（A. C. Henderson）二人合编而成。门罗就是《诗刊》的主编，她与意象主义诗人的关系自然非同一般，而享德森虽然在意象主义的几本诗选中都没有诗作发表，但他是意象主义批评家之一，他的文章如《世俗的意象主义和精深的意象主义》《诗性散文和自由诗》《自由诗的矫揉造作》都曾发表在《诗刊》上。由于是《诗刊》的主编来选编，因而《诗刊》中的作品就能很自然地进入门罗的视野。蒂丝黛儿的诗被选进了 11 首，其中第四首便是《屋顶上头》，把这首诗与发表在《诗刊》上的进行比较，可看出它们文字和排版完全一样，与胡适译诗后附录的原作也完全相同。

如果承认前面分析结果的话，那么就能可靠地得出结论：胡适是从美国的《新诗集》找到了这首诗。这个结论还可以由下面的理由来支持：

（1）胡适有参阅《新诗集》的合理时间。《新诗集》出版于 1917

年 2 月，1918 年再版，为胡适发表《文学改良刍议》之后，离胡适翻译蒂丝黛儿的诗，只相距一两年，因而胡适有阅读这部书的合理时间；胡适 1917 年 6 月方买舟西还，能很方便地购买到这部诗集；《新诗集》由于在短短的两年间一版再版，书源充足，销量可观，这也利于胡适获得它。另外，胡适归国途中曾经过境日本，胡适《归国杂感》一文说："我写到这里，忽然想起日本东京丸善书店的英文书目。那书目上，凡是英美两国一年前出版的新书，大概都有。"❶ 可见胡适对 1916 ~ 1917 年的美国新书比较熟悉。

（2）胡适参阅《新诗集》可以合理解释胡适发难期的主张与意象主义诗学的关系。胡适发难期的著作并没有明显的意象主义痕迹，胡适本人也认可这一点。杨杏佛曾作为胡适的密友，与任鸿隽、梅光迪一起参与过同胡适的论战，自然是熟悉内情之人，他曾说："新旧文学之争，始于胡适、陈独秀之鼓吹文学革命。其动机实受欧洲文艺复兴时代废拉丁文，与梁氏新民丛报文体解放之影响。"❷ 杨杏佛并不认为胡适受了西方文学新潮的感召。胡适在 1915 年 1 月 27 日的追记日记中，曾经自誓道："须具公心，不以私见夺真理"。作为中国现代新学术和新文学开创者的胡适，其"忠恕"的人格早已为世人楷模，我们没有理由怀疑胡适为了强调自己理论的自发性，而故意掩盖事实。

（3）《新诗集》出现在文学革命发难期后，在国内有一定流传广度，说明这是一部大家常读的书。《新诗集》里不仅有胡适翻译的《屋顶上头》，还有其他当时被人讨论的意象主义诗歌。胡先骕曾在《评〈尝试集〉》说：

> 又如"The Daffodils""To the Daisy"二诗同为咏物之作，然寄托之遥远，又岂印象派诗人 Richard Aldington 所作之"The Poplar"所能比拟。同一言情爱也，白朗宁夫人之"Sonnets from the Portu-

---

❶　胡适.归国杂感［J］.新青年，1918（1）：23.
❷　杨杏佛.杨杏佛文存［M］.上海：平凡书局，1929：81.

guese" 乃纯洁高尚若冰雪，至 D. H. Lawrence 之 "Fireflies in the Corn" 则近似男女戏谑之辞……然 Amy Lowell 之 "Patterns" 何如丁尼孙之 "Home They Brought Her Warrior Dead" 与波 Edgar Allen Poe 之 "The Raven"。而 D. H. Lawrence 之 "A Woman and Her Dead Husband" 则品格尤为卑下。❶

王润华看到这段话后，认为：

> 好些被胡先骕当作英文诗末流来嘲笑胡适拾其余唾的坏诗如阿定顿的《白杨》、桑德堡的《芝加哥诗抄》、罗伦斯的《玉米中的萤》都发表在孟罗主编的第三卷（1913～1914）的《诗刊》里。❷

上面提到的这几首诗果真都发表在《诗刊》第三卷吗？经过查检，发现情况并非如此。劳伦斯（即罗伦斯）的《玉米中的萤》《女人和她的死丈夫》，确实发表在《诗刊》第三卷第四期上，奥尔丁顿（即阿定顿）的《白杨》也发表于该刊该期，但洛厄尔的《模式》（Patterns）是发表在《小评论》1915 年 8 月卷上。而这几首来源不同的诗篇，都被收录在门罗和享德森编选的《新诗集》里。胡先骕也看过《新诗集》。

更为重要的是，美国的《新诗集》在内容上还有许多地方与胡适的诗学主张相一致，这种内容上的一致性，正好说明胡适受到《新诗集》影响的实证性。

三、胡适《谈新诗》和美国《新诗集》

因为美国《新诗集》出版于 1917 年，我们可以推测，胡适是在文

---

❶ 胡先骕. 评《尝试集》[M]. 学衡, 1921 (2): 10–11.
❷ 王润华. 中西文学关系研究 [M]. 台北：东大图书, 1978: 237.

学革命发难期之后才接触它的，这就说明胡适稍后时期的诗学注定要打上美国《新诗集》的印迹。那么，胡适这时的诗学究竟有什么地方与后者相一致呢？后者究竟怎样影响了前者呢？

美国《新诗集》卷前有一篇"导言"，较为详细地表达了门罗的诗学观念，它对胡适诗学的影响，至少有以下几点。

第一，促使胡适提出"新诗"的概念。"新诗"早在中国古代就出现过，比如杜甫就有"新诗改罢自长吟"的诗句，但这里的新诗指的是"新作之诗"，并没有其他的价值判断。胡适多次提到"活文学""死文学""新文学""今日之文学""白话文学"，而不言"新诗"；1918 年3 月在《老洛伯·引言》里，胡适说："1789 年，此两人合其所作新体诗为一集，曰 Lyrical Ballads，匿名刊行之。"❶ 1917 年 5 月刘半农的《我之文学改良观》，用的是"新文学""白话新文学"的名目，1918年 1 月傅斯年《文学革新申议》采用"新文学"的称法，1918 年 2 月钱玄同的《尝试集序》中采用"白话韵文""白话诗文"的名称，可能唯一的例外是 1919 年 4 月罗家伦《驳胡先骕君的中国文学改良论》，文中受叶芝的影响，有"新诗"的提法，但罗家伦说的"新诗"专指"西洋新诗"，文中谈中国诗的时候，采用的还是"白话诗"的名称。总的来说，文学革命的发难期从来不用"新诗"，而用"白话诗""新体诗"，"新诗"第一次使用正是见于《谈新诗》一文。

从"新体诗""白话诗"到"新诗"，虽然只有一字之差，但是体现了胡适不同的诗歌观。因为"新诗"不仅要体现为新的形式，而且要体现为新的精神。就像《谈新诗》所说的："若想有一种新内容和新精神，不能不先打破那些束缚精神的枷锁镣铐。……所以丰富的材料，精密的观察，复杂的情感，方才能跑到诗里去。"❷

而"新诗"这个名称正是美国《新诗集》（ *The New Poetry* ）的名字。虽然胡适看到洛厄尔女士的《序言》，正收在《纽约时报》中一篇

---

❶　胡适. 老洛伯［J］. 新青年，4（4）：323.
❷　胡适. 谈新诗［M］//胡适. 新文学大系·建设理论集. 上海：上海译文出版社，2003：295.

名为《新诗》的通讯中，但胡适对这一术语并未在意过，正是《新诗集》使胡适最终接受了这个术语。门罗在《导言》中说："这部诗选编者的愿望，是想以一种方便的形式，呈现今日诗人们的代表之作——这些诗人正在创造的作品通常称为'新诗'。"❶ 虽然"新诗"这个名称早在 1899 年就曾在《北美评论》中出现，但它作为本书所指意义的术语，主要使用于 1914 年之后，如布拉德利在 1914 年发表过一篇文章《新诗》(*The New Poetry*)，怀亚特在 1916 年发表过《旧诗和新诗》(*The Old and The New Poetry*)。"新诗"这个名称在当时的美国也是一个时兴的术语。门罗的导言也强调了新诗的新精神："自从《诗刊》于 1912 年 10 月创办后，一直鼓励艺术中的这种新精神，这个选集就编者来说也是一种更大的努力，去把这种新精神呈现给大众。"❷ 我们再看胡适《关不住了》译诗后面的一句话："八年二月二十六日译美国新诗人 Sara Teasdale 的 *Over the Roofs*"，胡适在蒂丝黛儿姓名前加上"新诗人"三个字，而《诗刊》上的原文并没有这个提法，这也正说明胡适因为美国《新诗集》的缘故，而这样称呼她。

自胡适《谈新诗》之后，康白情、俞平伯、胡先骕、徐志摩等人也开始使用"新诗"这个名称，1920 年新诗社甚至出了一部同名诗集《新诗集》，胡适的《谈新诗》一文赫然在列。"新诗"一语渐渐代替了早期的"白话诗"。

第二，促使胡适调整诗学立场，提出"具体的做法"说。《谈新诗》说："我说，诗须要用具体的做法，不可用抽象的说法。凡是好诗，都是具体的；越偏向具体的，越有诗意诗味。"❸ 在《追答李濂镗君》书信中，胡适说："文学的美感有一条极重要的规律曰：说得越具体越好，说得越抽象越不好。"❹ 胡适发难期的诗学核心观念是"白话"，围

---

❶ Harriet Monroe. The New Poetry [M]. New York：The Macmillan Company, 1917：5.

❷ Harriet Monroe. The New Poetry [M]. New York：The Macmillan Company, 1917：5.

❸ 胡适. 谈新诗 [M] //胡适. 新文学大系·建设理论集. 上海：上海译文出版社，2003：308.

❹ 胡适. 追答李濂镗君 [M] //欧阳哲生. 胡适文集：2. 北京：北京大学出版社，1998：128.

绕这个白话，胡适要求要讲真话、去雕饰，因而这种诗学是一种新语言诗学，它强调的是文学的媒介。而"具体的做法"却不是一种新语言诗学，它涉及诗歌的意蕴和表现方面，是"诗的美学"。胡适文学革命发难期的诗学主张，主要对象是新文学，而"具体的做法"说，涉及的范围可以将古典诗歌纳入其中。这种诗学立场上的冲突，表明发难期之后的胡适与前期已有明显的断裂。

文化交流中明确的影响，指的是在本国传统中没有这样一个观念，但作者受到国外的影响，而使它得以产生。"具体的做法"说与中国诗文评中的"情景交融""虚实相生"完全不同，它不是中国土生土长的理论，因为它关注的是感性和理性的问题，属于西方诗学的范畴，它来自于国外资源。

美国《新诗集》有这样的话：

新诗寻求的是具体地、直接地传达生活（a concrete and immediate realization of life）；它摒弃理论、抽象和隔膜，而这些存在于第一流之外的古典作品那里。……它们给自己谋划了一个绝对简明和真挚的诗学理想——这个理想意味着个人的、非陈辞滥调的措词以及个人的、非陈辞滥调的节奏。……它呈现一个具体的事物或具体的环境（the concrete object or the concrete environment），不管它是丑是美……❶

门罗这里的"具体地、直接地传达生活"说，明显有庞德意象论的影子："意象为瞬间呈现一种情、理交融之物"，也反映了洛厄尔《意象主义诗人们》1915 年序言第四条"诗歌应该准确地呈现细节，而不要涉及模糊的一般性"。❷ 但门罗毕竟不同于意象派诗人，她有自己的论诗见解，所以她的《导言》并没有出现"意象"这个词，她也不采用

---

❶ Harriet Monroe. The New Poetry [M]. New York：The Macmillan Company, 1917：6.
❷ Amy Lowell. Some Imagist Poets [M]. Boston：Houghton Mifflin Company, 1915：vii.

庞德和洛厄尔的"理""一般性"的术语，而是选择了"具体""抽象"。鉴于胡适参阅了《新诗集》，我们可以大胆地断言，胡适的"具体的做法"是来源于门罗的《导言》。

需要补充的是，胡适毕竟在文学革命的前期读到了《序言》，因而《谈新诗》出现了洛厄尔与门罗融合过的诗学理念："凡是好诗，都能使我们脑子里发生一种——或许多种——明显逼人的影像。这便是诗的具体性。"❶ 这里后一句话来自门罗，而前一句则与洛厄尔有关。话中的"影像"一词应为"image"的翻译。胡适《读沈尹默的旧诗词》一信中还说："初用时，这种具体的字最能引起一种浓厚实在的意象……"，❷ 可见"影像"即为"意象"的另一种译法。另外，胡适在《五十年来之世界哲学》一文中将"idealism"译为"意象主义"，所以将"image"译为"影像"以作区别，这就不会让人觉得不合理了。

当代有学者指出"具体的做法"说是胡适从文学修辞上自然推导出来的，以为"所谓诗的'具体性'也就是文学的形象性"。❸ 如果尊重术语和诗学的渊源，这种判断就是错误的，胡适不可能从中国固有的修辞学中得到"具体的做法"理论。

四、结　语

从胡适翻译蒂丝黛儿的诗作，我们发现了美国《新诗集》这个媒介，从美国《新诗集》，我们又看到"新诗""具体的做法"这两个术语是怎样受到美国《新诗集》的影响的。

通过这个发现，我们能对先前学界争论的某些问题作出判断。第一个问题是胡适究竟接触过意象主义诗学没有，回答是：在文学革命时

---

❶ 胡适. 谈新诗 [M] //胡适. 新文学大系·建设理论集. 上海：上海译文出版社，2003：308.

❷ 胡适. 读沈尹默的旧诗词 [M] //欧阳哲生. 胡适文集：2. 北京：北京大学出版社，1998：132.

❸ 文雁，莫海斌. 胡适与美国意象派：被叙述出来的影响 [J]. 暨南学报（人文科学与社会科学版），2004（2）：92.

期，胡适没有接触过意象主义的原始理论，但是通过美国出版物，接触到了意象主义的外围文献。这些外围文献要么是对意象主义的评论、介绍，要么是外围评论家所写的文章。第二个问题是胡适接触到的这些诗学观念对他有何影响，应该说，意象主义的外围诗学观念对胡适发难期之后的影响更为实际，更为深入，而对发难期的诗学则缺乏明显的影响。

还要说明的是，虽然胡适受到美国《新诗集》的影响，这种影响甚至改变了白话诗的命运，但我们不能把这种影响看作一种模仿或者抄袭。胡适洞察当时中国诗界的病根，在他身上已经形成某些新观念的种子，正是在内在的主观需求、契合下，胡适才接受了这些诗学资源。

美国新形式主义视野下的中国新诗格律建设

一、格律 "妖魔化" 运动下的中国新诗

由于对文言的绝望和对传统诗律的怀疑，中国新诗是以一种革命性的、排他性的姿态跳上历史舞台的。1918 年新诗进入一个新的美学时代，如果说传统诗律一年前还像一个手杖一样，给步履蹒跚的白话诗提供帮助，此时它已没有任何使用价值，甚至被看作丑陋的 "裹脚布" 了。

在五四文学时期，新诗神化的过程，也是传统诗词 "妖魔化" 的历程。"自然的音节" 成为新时代的锦旗，而声律、对仗这些 "封建遗老" 则被扫地出门。新文学运动者认为传统格律有两大罪状：第一，旧形式是陈腐的、束缚人的桎梏。胡适发现骈律产生了 "文胜" 之弊，而陈独秀大力攻击旧形式，认为古典文学是 "雕琢的、阿谀的、铺张的、空泛的"。❶ 第二，旧形式已经没有任何表现力。在新文学运动者看来，旧形式的陈腐和没落使它缺乏新鲜的、生动的表现力量。康白情认为有格律的诗 "竟嗅不出诗底气味了"；❷ 梁宗岱则断言旧诗 "失掉它底新鲜和活力，同时也失掉达意尤其是抒情底作用了"。❸

新文学运动者大刀阔斧、舍我其谁的文学革命勇气值得尊敬，他们

---

❶ 陈独秀. 文学革命论 [J]. 新青年，2 (6)：1 - 4.
❷ 康白情. 新诗底我见 [J].少年中国，1 (9)：4.
❸ 梁宗岱. 新诗底十字路口 [N]. 大公报，1935 - 11 - 08：12.

开拓出的新诗理论与创作的道路是 20 世纪中国文学的宝贵财富。但令人遗憾的是，由于新文学运动者矫枉过正的理论姿态以及在诗学界形成的权力话语，人们自五四文学革命以来，对中国传统诗律的价值和意义一直存有误解。这种误解至今仍是一个挥之不去的阴影。

首先，新文学运动者将诗律观念和诗律模式混为一谈。诗律模式（prosodic pattern）是诗歌所采用的具体规范，比如七律每章八句，四联，讲究对仗和粘联规则。诗律观念（prosodic conception）则是深植于某国文化的传统土壤中，与音乐、哲学等观念相贯通的诗律建造的基本观念。诗律观念不是具体的格律规则，它不是粘联，不是平起而仄收，它却深藏在粘联、平起而仄收的规则下面。诗律观念稳定而持续地存在，它像建构的原理，像原子，它是一种潜在的结构，诗律模式却变动不居，它是房屋，是散发着光和热的物体，是最终的存在形式。

中国的诗律观念体现为一种变化的节奏，它与中国哲学的易变、"气"等观念相联，也与中国特有的音乐、书法节奏相一致。正是这种变化的观念决定了近体诗的粘联规则，决定了沈约的"一简之内，音韵尽殊"。中国的诗律模式虽然众多，有"永明"体诗歌，有律有绝，有词有曲，它们遵守的规则大不相同，但它们都体现了同一个建构原则：变化。在这一点上，中国诗律观念与欧洲诗歌的重复的诗律观念不同。❶

其次，新文学运动者把律诗、绝句诗律规则的缺陷等同为中国诗律观念的缺陷，进而将诗律规则与诗律观念一股脑否定干净。虽然五、七言的句式与现代汉语已有抵触，虽然律诗绝句一字一平仄的规则过于严苛，但废除五、七言句式，将一字一平仄放宽为三、四个字一平仄，即一个音组上一个平仄，则中国诗律观念与现代汉语有何矛盾？平仄规则有何束缚？我们如果考察一下明、清时期的民歌时调，就会发现这种新的诗律规则已然出现，且这些民歌中不乏自然的白话诗歌，如明代《挂枝儿·牛女》一歌：

---

❶ 李国辉. 比较视野下中国诗律观念的变迁 [M]，北京：中国社会科学出版社，2011.

闷来时，独自个在星月下过，

猛抬头，看见了一条天河，

牛郎星织女星俱在两边坐。

近代的扬州清词中已经有更加清新的句子，如《风儿呀》一曲：

风儿呀，刮得我心中有些害怕。

风儿呀，紧一阵来慢一阵，

风儿呀，刮得我心酸眼又花。

这样的诗既突破了五、七言的局限，又保留了一部分的平仄设计（音组和诗行最后一字的平仄较严，甚至押韵讲究四声），体现了中国诗律观念对平仄变化的要求。而这些现象很少为新文学运动者所关注，他们简单地将中国诗律废置起来，认为自由诗是天命所归。

二、现代格律诗建设的危机

最早从 1919 年开始，不少新文学运动者也开始怀疑自由诗的形式问题，这产生了新月诗派的"创格"运动。但实际上在 20 世纪，这种"创格"远远不限于新月诗人们，从 20 世纪 20 年代一直到八九十年代，许多诗人都参与进来，形形色色的理论也被提了出来。如果仔细梳理一下，值得注意的主要有：陆志韦的重音音步说，罗念生的重重律说，孙大雨、闻一多、朱光潜、卞之琳等人的音组、音顿说，林庚的半逗律说和赵毅衡的新音组理论等。

这些理论试图挽救新诗没有形式的弊病，使新诗能表现一些适合格律诗表现的情感，并使其在音节上获得音节的美感。但这些理论在创造之时，就具有严重的先天缺陷，因而导致理论并不符合中国诗歌的实际。梁实秋先生很早地就揭示了现代格律诗运动的缺陷："新文学运动家口口声声的说要推翻传统精神，要打倒模仿的习惯，实际上他们只是

不模仿古人，而模仿外人。"❶

如果要恢复诗歌的格律，那么中国传统的诗律观念自当引起注意，自当进行改良和探索，然而新诗诞生之后，人们对传统诗律普遍抱有偏见，导致20世纪中国诗律观念发生变迁，传统的诗律观念失去价值和作用。新文学运动者现在必须另觅他途，他们于是搬来了欧洲的诗律观念，虽然它和中国的诗律观念同样古老。这就好像嫌夏天穿布鞋闷脚，却又套上外国人的大头皮鞋一样令人费解。

现代格律诗的试验者们前呼后拥地拿来欧洲的音步观念，很有默契，但他们在具体的计划上却吵来吵去。陆志韦和罗念生的诗律理论，将英国和德国的诗律观念照学过来，他们试图建造一种以汉语重音为基础的音步，但这很早就被学者否定了。王力曾提出中国诗行的音律是长短节奏的观点，这又是按照拉丁诗歌的音律来硬套中国诗歌，他的观点现在也无人问津了。孙大雨、闻一多等人的音组、音顿理论虽然将轻重长短一律砍掉，避免陆志韦、罗念生等人的麻烦，但它们同样也遭到后来理论家的不满。因为音组、音顿理论主张中国诗歌两个字一个音步，但既然没有轻重长短音为准，音步的划分又如何而来？如果以语法和构词为准，则现代汉语往往三、四个字构成一个词，二音节的音步又如何立得住脚？

20世纪对格律建设看得较为透彻的是赵毅衡先生，他主张按照民歌的句法来给新诗创造节奏，这种节奏不是西方诗歌的音步，而是中国古典诗歌长期形成的音节节奏，它的判定标准完全抛弃了西方的诗律模式，而依汉语的语法、构词及汉诗的传统来定。如下面一首诗：

　　　时代（的）飞轮　 ｜　 决不会逆转
　　　真理（的）光辉　 ｜　 将永照宇宙

而赵毅衡先生的理论仍旧存在缺陷，因为一种理论不但要能解释诗歌的节奏是怎样组织的，它还必须要满足可逆性的条件，即它能区别开

---

❶ 梁实秋. 近年来中国之文艺批评 ［J］. 东方杂志，1926，24（23）：84.

诗歌节奏与散文语言的不同。如此一来，所谓的现代格律诗，还是一种自由诗，它们讨论的还是节奏，而不是声律。对于中国诗歌来说，格律诗的唯一出路是寻找新的声律，除此之外，别无他途。节奏和声律的区别在于，节奏是由语音、语义、句法所综合构成的，它处理的是停顿和音节群的问题，声律（包括英诗的音律）是由音长或者音强、音高等构成的，处理的纯粹是语音的问题，纯粹是波浪形的反复问题。

总体说来，20世纪现代格律诗实践缺乏形式的美感，并且让普通读者感到陌生或者失望，这是新时期以来诗律创作乏力的一个原因，也是现代格律诗建设的危机所在。究其病根，在于试验者们既想重建格律，又对格律畏手畏脚。他们幻想能在中国诗歌传统之外，在没有传统诗律观念的支持下，寻找一种新的格律。因而这种现代格律诗建设，实际上是一种移植或者是在移植心理下的西化试验罢了，与其说它是新诗"创格"运动，还不如说它是新诗"变格"运动。它所创造出来的所谓格律诗，大多读者感受不出其中的反复，或者对那种反复根本产生不了节奏期待。这些诗就好像在楚河汉界里走国际象棋一般，王还是王，卒还是卒，走的路数却大不同从前，谁还有心来看人下棋呢？

中国现代格律诗建设的未来，在于一方面吸收赵毅衡、孙绍振的新节奏理论，另一方面要与中国传统诗律观念结合起来，也就是说必须探索新的平仄。但对于这个道路，相信不少人还很疑惑，这是不是平仄的死灰复燃？平仄会不会束缚新诗的表现力量？的确，在人们还对声律抱有成见和敌意的今天，提出这种观点是要冒很大风险的，或许美国的新形式主义运动能给我们思考这个问题提供一个很好的参照。

三、美国新形式主义及其借鉴意义

要说美国的新形式主义运动，不得不说20世纪的实验诗。意象主义诗人庞德受中国和日本诗歌的影响，采用散碎的短语作诗，在诗歌的节奏上抛开原来的音律，而追求所谓内在的音乐。威廉姆斯则采用口语入诗，拆散原有诗行的音步结构。在这些诗人的影响下，20世纪初期到五六十年代，美国诗坛主要盛行的是几乎不计轻重音的自由诗。

在此期间（同在中国一样），不少诗人也反感、鄙视英美诗歌的传统诗律，认为它是保守的，难以表现现代生活和内心情感。比如诗律家威士灵对自由诗推崇有加，认为自由诗的作者能真实地表现自我，而传统诗的作者"由于诗歌抽象的观念而放弃了许多自己的个性"。❶ 这种腔调与康白情"因为格律底束缚，心官于是无由发展"的话非常接近。甚至美国的诗人们将形式问题上升为政治问题，认为传统诗歌是退步的、人工的、非美国的形式，自由诗则显然是进步的、自然的、真正美国的形式了。

在这样的思潮下，很容易设想英美传统诗歌的处境：传统诗歌这种"旧形式"缺少发表的园地，诗人们也很少关注它，真正引人注目的是那些自由诗的弄潮儿。这就像中国五四时期那样。

在美国传统诗律发生信任危机的时刻，中国和日本的诗律形式得到美国诗人的关注。如史耐德曾模仿中国的五七言诗来创作美国诗歌，庞德甚至模仿中国诗歌的对仗而放弃英美诗歌的跨行和复杂分句。这种情景也正如陆志韦、罗念生模仿英国诗歌的重音音步来做诗一样。

20 世纪 20 年代后，美国的南方诗人就曾提倡过格律诗，到 70 年代末期，美国诗人又开始呼吁返回传统诗歌的形式中去，新形式主义应运而生。新形式主义的代表诗人及诗作有查尔斯·马丁的《有地出错》(*Room for Error*)，提摩西·斯蒂尔的《不确定性及其他》(*Uncertainties and Rest*)、布拉德·莱特霍伊泽的《成千上百的萤火虫》(*Hundreds of Fireflies*) 以及维克拉姆·塞思的《金门》(*The Golden Gate*) 等。

新形式主义理论家对自由诗和传统诗、新与旧的问题进行了重新审视，其观点值得注意的有这些：

第一，反对自由诗和格律诗二元对立，主张新、旧折中。自由诗的实验者们对新形式顶礼膜拜，而新形式主义则反对这种极端主义。如诗律家夏皮罗认为唯新是尚不过是当代的病态文化："实际上，对时间的

---

❶ Donald Wesling. The Prosodies of Free Verse［M］// Reuben A. Brower. Twentieth‐Century Literature in Retrospect. Cambridge：Harvard University Press, 1971：186.

崇拜——神化新事物，不信任旧事物——本身是我们这个消费文化的病症"，❶ 他主张从事自由诗和传统诗的人要互相了解，不能做排斥性的选择。

诗人、诗律家焦亚力图除去蒙罩在自由诗和格律诗上的价值色彩，他说："形式的诗，如同自由诗，本质上讲无所谓好坏，这些术语严格说来只是描述性的，而非评价性的。"❷ 他甚至发现自由诗和格律诗主要是诗行排列上的差别，而非诗行本身在组成上的差别，将一首格律诗重新分行，就能得到自由诗。他举威廉姆斯的《红推车》为例，这首诗其实是严格的轻重律诗（iambic rhythm），但将原来的一行诗重分成几行就得到了自由诗。

按照焦亚的说法，下面这首诗完全是自由诗：

　　　明月
　　　松
　　　间照

　　　清泉
　　　　石上
　　　　　流

自由诗和格律诗因而不再是对立性的，它们可能互相容纳对方。

第二，形式不是束缚，而是一种解放的力量。焦亚反对把传统诗律看作束缚人的工具，它是使作者"放弃了许多他自己的个性"的东西，它在历史上有存在的合理性，比如它能让语言可记，正所谓"言之无文，行之不远"；它还具有吟诵的效果，完全不同于散文的语言。焦亚说："新的诗歌形式和音律对诗歌有一种解放效果。他们可以让作家说

❶ Alan Shapiro. The New Formalism ［J］. Critical Inquiry, 14 （1）: 212.

❷ Dana Gioia. Notes on the New Formalism ［C］// James McCorkle. Conversant Essays: Contemporary poets on poetry. wayne State University Press, 1990: 176.

出一些以前的诗歌从未说出的东西，或者以一种新颖的方式重说以前熟悉的东西。"❶

对焦亚来说，诗律不但不是束缚的、反动的，反而是一种革命的力量。人们不能通过废除诗律来解放诗歌的表现力，而是要通过创造新的、合适的诗律来提升诗歌的表现力。

这里实际上形成了一种新的辩证关系，诗律是生产力，人们欣赏诗律的方式是生产关系，只有不断地发展诗律这个生产力，才能不断地改进诗人和读者的交流与合作。诗律与人们欣赏诗歌的方式因而构成诗歌活动的基本矛盾。

由以上来看，诗歌的形式不是越自由越好，它尽可以复杂、严格，关键要不断地在旧有的基础上发展新的形式，能使作者利用新形式来丰富表现的领域。

四、结　语

曾经面向远东诗律的美国诗人们，在 20 世纪不断地复兴着他们的传统，他们将自由诗和格律诗放入一个共存的秩序中，他们肯定严格诗律的积极意义，提倡积极地发展、引入新的诗律。这与远隔大洋的中国诗学界的情形相差何可以道里计。中国诗学界目前还对严格的诗律抱有严重的戒备心理，诗人一心想创造新的格律，值得肯定，对于新格律下面的诗律观念却不加留意；他们信守平仄、对仗是已死的、陈腐的形式的假说，对在中国传统诗律基础上创造新的格律半信半疑；他们将目光紧紧地盯在欧美诗歌的形式上，亦步亦趋，却将中国的诗律传统视为禁忌；他们有勇气按照西方古老的模子创造新诗律，却不敢在自己的传统上创造新的诗律。这不得不说是近百年来中国诗学的一大悲哀。

值得注意的是，20 世纪也出现了少数沿承中国诗律传统的诗歌，即

---

❶　Dana Gioia. Notes on the New Formalism［C］// James McCorkle. Conversant Essays：Contemporary poets on poetry. Wagne State University Press, 1990：179.

"新体词曲"。从事新体词曲理论和实践的有傅东华、刘大白、赵朴初等，他们模仿传统词曲的句式平仄来作诗，讲究平仄对仗却又不拘平仄对仗。笔者曾给它下了这样的定义："新体词曲实应指 1917 年以来，在句式、平仄、押韵上不拘格律而又保留格律特征，章节联缀自由，语言比较通俗，对仗不拘，形式和风格类似于词曲的新诗体。"❶

新体词曲的发展仍然面临两个困难：第一，新体词曲的作者们采用的语言和句式基本上仍是传统诗歌的三言、四言、五言、七言，它虽然有了格律上的新变化，但语言和表现内容进步不大，往往被人视为传统诗词的"变体"。第二，新体词曲的试验现在基本没能引起学界和诗人的关注，实验的诗人很少，因而限制了人们对它富有开创性的探索。

然而新体词曲的路子给我们一个新的启发，如果能具备美国新形式主义的胸怀，认真地重审传统诗律，将它的诗律观念与现代汉诗的语言实践结合起来，创造出一种既能利用平仄变化，又调和了现代汉诗新音组的要求，既新鲜扑人，又音韵圆转的新声调诗歌，中国新诗的内涵和外延可能会真正饱满起来。

---

❶ 李国辉. 一九一七年以来新体词曲概要 ［D］. 重庆：西南师范大学，2002. 新体词曲并不是一个现在就可以使用的形式，但真正的新声律，必须通过发展新体词曲才能产生。

自由诗规则和局限的理性反思

　　自 1918 年以来，自由诗渐渐成为中国现（当）代文学的一个神话，它驱逐了人们对古典诗歌的膜拜，成为笼罩中国诗坛的一个新的宗教，现代格律诗、歌词等其他体式都可看作自由诗的变体或者改造，它们在精神上仍然带有自由诗的印迹。

　　20 世纪中国诗歌是自由诗以及作为它的有益补充的其他诗体的游戏空间，虽然古典诗词偶尔会不太友善地闯入这个空间，但这个不速之客并未受到多少欢迎，新文学阵营内部往往会停止吵闹而形成一种集体性的防御姿态。而古典诗词这头被妖魔化的野兽，虽然占领了一些园地，但最终会无奈地返回到荒野中，继续它的流浪生涯。

　　自由诗是最后的胜利者，习惯了优胜的它，在稳固的权力面前，已经不再是一个年少轻狂的挑战者。在自由诗胜利的光环下，一些学者开始反思它。孙大雨指出自由诗其实应该称为"自由韵句"，❶ 即自由诗同样有着某种格律；美国人威士灵认为自由诗是个命名错误（misnomer），❷ 因为没有什么诗是自由的。孙大雨、威士灵的话提示人们，自由诗在很大程度上可能是人们的一种假想，人们似乎忽略了它规则的一面，同时放大了它自由的一面。

---

❶　孙大雨. 诗歌底格律 [J]. 复旦学报，1956（2）：27.

❷　Donald Wesling. The Prosodies of Free Verse [M] // Reuben A. Brower. Twentieth‑Century Literature in Retrospect. Cambridge：Harvard University Press, 1971：158.

一、自由诗诗律的负规则

从诞生起，自由诗从形象上看，就是与格律诗相对抗的另一种诗体。胡适在 1919 年的《谈新诗——八年来一件大事》中，提出了"新诗"和"诗体大解放"的概念，并且对新诗的音节做了说明。他说：

> 直到近来的新诗发生，不但打破五言七言的诗体，并且推翻词调曲谱的种种束缚；不拘格律，不拘平仄，不拘长短；有什么题目，做什么诗；诗该怎样做，就怎样做。这是第四次的诗体大解放。❶

按照胡适的观点，新诗是冲破旧格律的束缚而产生的，新诗或者自由诗不是古典诗词的延承、变形，而是一种对抗和破坏。自由诗与传统诗词的差别就是束缚与解放的差别，就是规则与自由的差别。自由诗作为一种新诗体，它的精神就在于与一个新的自由时代相适应。这种思想在康白情那里被表述得更明确："新诗所以别于旧诗而言。旧诗大体遵格律，拘音韵，讲雕琢尚典雅。新诗反之，自由成章而没有一定的格律……"❷

在两人看来，由于文化精神上的差别，传统诗词代表了一个过去的时代，而自由诗是新时代的产物。新时代与旧时代的对立，规则与自由的分庭抗礼，表明传统诗词与自由诗不是并存、互补的关系，而是相互对立、你死我活的关系，它们具有不同的价值取向，势同水火。因而自由诗的产生，实际上不是一种诗体上的创造，而是一种诗体上的革命，它是观念斗争的产物。自由诗的诞生未尝不与格律诗有关，然而作为时代的新生儿，它崛起的道路铺筑在格律诗压弯的脊背上。这种观念在法

---

❶ 胡适. 谈新诗 ［M］//胡适. 新文学大系·建设理论集. 上海：上海译文出版社，2003：299.

❷ 康白情. 新诗底我见 ［J］. 少年中国，1920（3）：2.

国和英国自由诗理论那里同样存在，法国自由诗理论家卡恩（Gustave Kahn）曾把亚历山大体"宏伟的步态"和封建王权联系起来，亚历山大体将会随着封建王权的没落而倒塌。❶ 休姆把自由诗看作注重相对性和不相信完美的现代社会的产物，而格律诗强调绝对性，相信诗体的完美，属于过去的旧的社会。

正是在这种革命观念的影响下，20 世纪文学才有了仇视"旧诗"的文化现象。新文学家林庚满心激奋地说："凡用散文写的文学作品，如小说以至翻译等，白话都已完全取代了文言的地位；而在诗歌领域中，文言诗的写作却仍具有广泛的吸引力，这是为什么呢？正视这个事实，恰可以激励我们为新诗的全面性胜利而加倍地努力。"❷ 旧诗好比是罪不容诛的逃犯，人人都有责任将它绳之以法，而不能有任何的姑息。

自由诗并非完全是个革命者、斗士，它并不是一个完全自由的诗体。虽然在英国现代主义的自由诗草创期，休姆和弗林特都强调一种虚无主义的形式观，但他们的自由诗作品中保留了传统诗律的基础，换句话说，革命在英国最初的自由诗那里，多是一种姿态，而非是一种现实，而且那种绝对化的形式自由马上被诗人和批评家反思，许多人开始重新解释自由诗的形式特征。英国诗人艾略特认为没有所谓的自由诗，"传统诗与自由诗的区分并不存在，因为诗歌中只有好诗、坏诗和混乱不清"。❸ 威士灵同样指出自由诗不过是传统诗歌的一种风格变形（the stylistic concept of deformation），自由诗不可能像它名字所说的那样走向真正的自由。

传统格律诗有它的规则，自由诗同样逃脱不了它的规则。首先，自由诗受格律负规则的严格要求。规则按性质来看，可分为正规则和负规则。正规则回答的是必须怎么做的问题，负规则回答的是不能怎么做的问题。粘联对仗是正规则，而"四声八病"是负规则。传统的声律典型

---

❶ Gustave Kahn. Premier Poèmes [M]. Paris：Société dv Mercure de France, 1899：13.

❷ 林庚. 新诗格律与语言的诗化 [M]. 北京：经济日报出版社, 2000：5.

❸ T. S. Eliot. Reflections on Vers Libre [M] //Frank Kermode. Selected Prose of T. S. Eliot. San Diego：Harvest Books, 1975：36.

地受到正规则的制约，如果违反了规则，按照中国的诗律术语，这就出现了"声病"，出现了"拗"；若按照英诗诗律术语，这就出现了"代替"（substitution），或者"复调"（counterpoint）。自由诗虽然不受正规则的节制，但它严守着负规则。英诗自由诗的负规则是不能出现节拍器式的规则音律；中国自由诗的负规则就是要非声律化，它具体表现为不能使用五七言句式，不能严格押韵，不能讲究平仄和对仗。胡适的《文学改良刍议》提出"自然的音节"，康白情所说的"新诗……自由成章而没有一定的格律"，换一种视角看，涉及的是负规则。

自由诗表面上我行我素，好似一副四海为家的漂泊公子，但实际上又小心翼翼，生怕撞见了传统诗律的老家父。这可以说是自由诗的苦衷。它不是一个能包含所有它之前规则的一个新诗体，它并没有统一诗体的雄心壮志，而是保持一种小心翼翼的戒备姿态。它表面上以自由为宗，实际却小心谨慎，生怕不留意触犯自己立下的禁忌。传统诗律在这一点上要比自由诗宽容的多，元明之后的不少民歌时调，具有很强的自由诗气息，比如近代的扬州清词、牌子曲，传统诗律不以之为病，但自由诗中若一旦出现了传统诗律，就被认为是冒失鬼。胡适认为他早期带有传统诗律特征的诗歌是"小脚鞋样"，自然总有不好见人的意思。何其芳认为用文言写五七言诗，"就势必把我们的诗歌的车子倒开到'五四'运动以前去"。[1] 周作人也曾告诫新诗的作者，不要把新诗做成押韵的"白话唐诗"。[2]

因此，自由诗的自由只是一种口号和策略，它同传统诗歌一样都有自己的禁忌，甚至自由诗的禁忌要严格得多，因为它面对广大的诗律传统。认为信笔乱写就可以写出自由诗的主张，不但不了解传统诗律，甚至对自由诗也一无所知。自由诗与其说是一种新开辟的诗歌领域，还不如说它是一种解构策略，它表面上提出来一套全新的诗歌理论，但实际

---

[1] 何其芳. 关于现代格律诗［M］//何其芳选集：2. 成都：四川人民出版社，1979：145.

[2] 周作人. 古文学［C］//钟叔河. 周作人文类编：本色. 长沙：湖南文艺出版社，1998：369.

上往往有传统诗律的针对性。正如詹明信在《语言的监牢》中讨论语言的二元对立时说的那样，"最简单的对立形式，并且也是最富于辩证性的，是存在与不存在、正符号与负符号的张力……"。❶ 在自由诗中，存在的理论与不存在但承受了自由诗针对性的传统诗律理论之间，实际上也构成了一种对待，所以自由诗与传统诗律组成了一个大的系统，相互联系，它们是所有诗律话语的源泉，对于二者不宜厚此薄彼，甚至起取而代之的想法。

二、自由诗节奏运动的局限

自文学革命以来，中国诗学界一直流行这样的观点：新诗或者自由诗使用的是活语言，不同于传统诗词的文言。胡适所说的"诗国革命何自始？要须作诗如作文"，是其源头，周作人随后声称要"口语作诗"，❷ 叶公超将他们的话传达得更加清楚明白："新诗的节奏是从各种说话的语调里产生的。"❸

这种观点给人一种误解，自由诗与散文没有区别，自由诗就是诗人的家常话。这就有了冯文炳的新诗无形式论："我不妨干脆的这样说，新诗的诗的形式并没有。但我相信我们的时代正是有诗的内容的时代……"❹

而自由诗并非只是分行说话。20 世纪 20 年代口语作诗的严重失误，受到诗学界的猛烈指责。受西方自由诗创作的影响以及中国现代格律诗建设的启示，20 世纪 30 年代之后的自由诗大都开始探索诗行的节奏。自由诗不但受到传统诗律负规则的制约，而且受制于整体节奏运动（integral rhythmical movement）。自由诗的节奏虽然不同于传统诗律的严整，而趋于变化，但这绝不意味着它的节奏是偶然的、随意的，好像覆水平

---

❶　Fredric Jameson. The Prison – House of Language ［M］. Princeton：Princeton UP, 1972：35.

❷　周作人. 古诗今译 ［J］. 新青年, 1918（2）：124.

❸　叶公超. 论新诗 ［J］. 文学杂志, 1937, 1（1）：21.

❹　冯文炳. 谈新诗 ［M］. 北京：人民文学出版社, 1984：232.

地，四处乱流。一首自由诗的节奏受它自身的节奏运动的约束，它虽然可以起伏波动，但这绝不意味着隐藏的节奏运动并不存在；它从诗句的开始部分就已经基本确立下来，它不是诗行本身，却依靠诗行的发展来延伸自己。诗行内部的节奏运动因而是诗行的一种决定力量，它形成一种整体的背景，具体的诗行则依托于这个背景。这就是自由诗的重力法则，它不同于日常语言，它不是一种飘忽不定的真空世界，虽然它跳跃不休，但它承受着内在的重力。

自由诗的整体节奏运动，实际上与诗行的情绪紧密相关。卡恩曾提出源自情绪的"整体的重音"这种概念，认为法语中存在这种重音，它能引出整个诗节，他还认为这种重音出现在所有的语言中。美国自由诗诗人洛厄尔女士主张自由诗中存在一种整体上的"调子"（cadence），这种调子引出一种环状的摆动。这些都说明自由诗中存在一种不同于散文的节奏运动，它本质上是诗行的即时发展。也就是说，节奏运动不是一种预先决定的力量（predetermined force），它是一种现在时态，是由每一个诗行的现在和未来所确定的。节奏运动决定每一个诗行的起伏波动，而每一个诗行同样也能对这种节奏运动有修饰作用，能使节奏运动发生微小的变动。如果说传统诗律内部的节奏是一种规范，是一种外加的绝对力量，那么自由诗的节奏就是一种民主的力量，是诗行内部自觉缔结成的协约。

美国诗律家温特斯（Yvor Winters）在《音律对诗歌传统的影响》一文中对自由诗节奏的自身规定性做了有益的探讨。他分析了奥切德（H. D. Orchard）的一首自由诗，发现诗中暗藏着有规律的重音，这些重音在音步中的位置也有规律，而诗中句末的二音节音步和三音节音步似乎也有规律地交替、变化。温特斯因而认为自由诗的节奏与散文的节奏是不同的，自由诗中不仅有传统诗律的影响，而且诗行中"随后的音节必须要安排成一个协调、持续的运动"。❶

---

❶ Yvor Winters. In Defense of Reason ［M］. Denver: The University of Denver Press, 1947: 123.

中国自由诗也有其潜在的和谐运动，比如阿垅的《无题》：

> 要开作一枝白色花——
> 因为我要这样宣告，我们无罪，然后我们凋谢。

诗中不仅有许多相同结构的短语，造成节奏的重复，而且第二行三个短语出现了较为规律的平声和仄声的组合："仄平平仄"。而第二行去声较强与第一行的平声为多也有平衡关系，可以注意第一行的最后一字是平声，第二行的几个短语都以仄声结尾，这就从整体上形成音节的和谐。象征主义诗人穆木天的话，也未尝不可看作温特斯的对应："一首诗是一个先验状态的持续的律动。……持续性是诗的不可不有的最要的要素呀！"❶

总的说来，自由诗自身的形式重力使它具有了与散文不同的节奏特征，因而也就有了不同于散文的意味。认为自由诗是一种无拘无束、没有规则的诗体，这不过是一种误读罢了。

三、自由诗表现题材的局限

在胡适等人的推动下，五四时期诗学界还吹荡着新材料、新形式的季风。所谓一时代有一时代之文学，新时代应有新时代之文学，而旧诗词的形式则不适应于表现新材料。

在这种观念下，诗学界存在这样的二元对立：旧形式是陈腐的，新形式是新鲜的；旧形式表现的是虚假的人生，新形式表现的是真实的人生。这种观念在当时非常普遍，如陈独秀认为古典文学是"雕琢的、阿谀的、铺张的、空泛的"，❷ 没有一点好处；梁宗岱指出旧形式"失掉它底新鲜和活力，同时也失掉达意尤其是抒情底作用了"，❸ 而新诗或者

---

❶ 穆木天. 谭诗 [J]. 创造月刊，1926 (10)：84.
❷ 陈独秀. 文学革命论 [J]. 新青年，1917 (2)：2.
❸ 梁宗岱. 新诗底十字路口 [N]. 大公报，1935－11－08：12.

自由诗则与此相反；刘延陵认为新诗内容方面是"选择题目有绝对的自由"。❶

自由诗因而在题材表现上获得了一种革命性的权力，它有时代的合法性，它全面接管传统诗词的表现领域，甚至还扩大这个领域。自由诗在题材上并不像形式那样提供另一种选择，而成为一种天下大统。它给人感觉形式的自由带来了题材的无限可能。表面上它是一种题材决定论，即新材料决定了形式的变迁，在骨子里却恰恰相反，它实质上是一种形式决定论，即自由诗这种令人心悦诚服的圣主，必然带领诗歌队伍走向自由和博大。

豪泽尔曾谈到过形式和内容的辩证关系："形式不仅用来表达思想、观念和情感，在某种程度上，它也是其创造物的来源。"❷任何一种形式都不是周流万物、遍布天地的。内容决定形式的取舍，形式也会改造内容，成为内容的资源。自由诗作为诗歌形式之一种，对内容也有其要求和改造。自由诗不是无所不能的现代神话，它有自身先天的体质特征，对于主题有特定的依赖性。

温特斯在 20 世纪上半叶就曾指出传统诗律与自由诗的表现功能有很大的不同。他发现格律框架（metrical frame）对于表现诗中的情感有积极作用，自由诗缺乏稳定的格律框架，它"允许重音无限变化，这让精确细微的情感变化和暗示不复可能"。❸美国诗人艾肯（Conrad Aiken）曾批评采用自由诗的意象主义，认为它大多只适于表达"不充分的情感和感受""短暂的印象"，❹持论虽不无成见，但并非没有道理。中国学者甚至在五四时期也发现自由诗在内容上的贫乏和单调，李思纯呼吁"国人如不安于现今单调粗拙幼稚的新诗，以为不满足。为欲进步为深博美妙复杂的新诗。那么，于我说的形式及艺术上种种问题，总得

❶ 刘延陵. 美国的新诗运动 [J]. 诗, 1922（2）: 31.

❷ Arnold Hausser. Sociology of Art [M]. London: Routledge, 1982: 31.

❸ Yvor Winters. In Defense of Reason [M]. Denver: The University of Denver Press, 1947: 134.

❹ Conrad Aiken. The Place of Imagism [J]. New Republic, 1915, 3（29）: 76.

留意一下"。❶ 早期新诗的"单调粗拙"，除了技巧上的不成熟外，一个重要的原因在于无论什么题材都硬用自由诗的形式，反而影响了自由诗的使用效能。

这种特征在中西诗歌中是不乏案例的，大凡表达某种单一情感的延续和存留时，自由诗更加适用，如艾略特的《普鲁弗罗克的情歌》（*The Love Song of J. Alfred Prufrock*），全篇一直在阴郁的情感中彷徨；郑敏长诗《海的肖像》，诗中的情感前后分别可以用两个词语来概括："宁静""愤怒"；冰心的小诗，恰好印证了短暂的印象与自由诗形式的和谐关系。而一旦诗人想要表达多元的、复杂的情感时，格律诗似乎更加便利一些。

自由诗在情感发展上呈现出一种延展性，它不是复杂的曲线，而是一种射线，它是一种单方向的累积，而不是格律诗的多方向发展。它平稳地向前伸展出已经显现的触角，较少给人创造复杂的心理结构。

自由诗在表现情感的种类上也有一些限制。由于自由诗在早期与传统诗词保持了题材的对立性，这影响了后来自由诗的表现领域。林庚指出自由诗适合表现尖锐、偏激的情感，这种情感与传统诗词的中和、静穆、阔大是有区别的。

四、结　　语

自由诗在诗律上确实是有自由精神的，这有时代和美学上的原因，但这种自由精神不是绝对的自由，而是在传统诗律负规则制约下的自由；自由诗在节奏和题材上也有它的适用性，它要求某种特定的节奏，适合表现某些特定的情感。

自由诗的这些规则和局限，要求我们反思这一百年来对它的理解。我们是不是虚构了它的作用和价值？如果 20 世纪的自由诗是一种形式的虚构，那么，我们同样也在歪曲格律诗，歪曲它的作用和价值。最近

❶ 李思纯. 诗体革新之形式及我的意见 [J]. 少年中国，1920，2（6）：24.

30 年对现代格律诗运动的重视，正是对自由诗诗体局限性认识的产物，是对规则形式的重新评估。但从实际情况来看，现代格律诗运动与其说为了给自由诗和格律诗正名，还不如说是均齐和整饬美的乡愁。整体来看，人们对现代格律诗和自由诗仍然有许多误解。就现代格律诗来看，人们并未将传统诗律与西方诗律等量齐观，因而现代格律诗不免存在与中国诗律传统脱节的状况。具体来说，虽然均齐和整饬的形式美得到人们的肯定，但是类似明清民歌的整齐的句式和四声（平仄）的讲究，还被污以陈旧之名，没有得到充分的挖掘。就自由诗来看，自由诗诗体的定位还不是很清晰，许多分行的散文仍然被目之为自由诗；而在题材上，自由诗和现代格律诗各自的表达特性还缺乏区分，自由诗早已成为各种题材的万金油。

（原载《常熟理工学院学报》2015 年第 3 期）

现代诗形式的孤立

19 世纪末 20 世纪初产生的现代诗，就整个世界文学的历史看，拥有一个奇怪的特点，这个特点使它与先前的任何诗歌都区别开来。这个特点就是孤立。这一特点让现代诗独守在一个与世较为隔绝的世界中，普通的读者难以进入其中，也无法理解它。

现代诗的这种孤立状态，似乎具有宿命性，施瓦茨将其归之于现代社会的文化，认为文人在工业社会没有立足之地，文化也就创造它独立的趣味。❶ 现代文化确实应该对现代诗的孤立负一定的责任，但如果将这种孤立状态全归结为文化的原因，那么这种状态就是无法解决的，因为个人无法改变整个时代的文化。实际上，除了文化的原因外，诗人自身的迷失也要负起责任。这个原因如果能认清，是有可能在一定程度上改变这种孤立状态的。

现代诗的孤立有很多方面，这里主要关注形式的孤立。现代诗在形式上主要采用的是自由诗，为什么是自由诗呢？因为人们相信自由诗能带来更多东西，更适合内容，更具有表现力。庞德主张"情感是节奏的组织者"，认为有什么样的情感，就会产生什么样的节奏、形式，形式是情感的影子，是个仆人。❷ 比他早的休姆，将格律诗比作做好的衣服，很难恰到好处，相反，他将自由诗比做"订做的衣服"，相体裁衣，当然合身。而郭沫若甚至连"这件衣服"都不要了，他提出自由诗就是裸

---

❶ Delmore Schwartz. The Isolation of Modern Poetry [J]. The Kenyon Review 3（2）：214.

❷ Ezra Pound. Affirmations：IV [J]. New Age 16（13）：350.

体诗：

> 我相信有裸体的诗，便是不借重于音乐的韵语，而直抒情绪中的观念之推移，这便是所谓散文诗，所谓自由诗。❶

这种"裸体"形式的譬喻，也可见之于更早的意象诗人奥尔丁顿的文章中。奥尔丁顿认为不同于格律诗有强加的押韵和音律，自由诗拥有的是"裸体的结构"。❷

然而诗人们对自由诗的爱情，很快就证明是个幻想，诗歌有无格律，这不是问题，但诗歌有无形式，这是个大问题。除去格律外，诗歌还是有许多形式的，若形式不讲究，诗歌就缺少许多表现的力量。虽然采用格律诗，可能不会损害诗歌的内容，但是完全改变了诗歌的意味。这里需要把内容和意味作一个区分。内容是诗歌要说的话，形式变了，义理可以不变；意味是诗歌本身，形式变了，意味也就不复存在。任何诗都有一个内容和一个意味，内容有时候一首诗和另一首诗是一样的，或者是相近的，意味却是诗歌独特性的秘密。诗歌的特色不在内容上，而专在意味上。一切杰作之所以成功，之所以与众不同，就在于它们获得了完美的意味。内容是诗歌一个抽象的壳子，是固定的，而意味是一条具体的河流，是流动的。内容是可以分析、可以解释的，而意味只能通过直觉，通过体验才能把握，而且这种把握因人因时还有不同。诗之不可以翻译，就是这个原因。

有意味的诗并不意味着遵从固定的格律，千篇一律，其实，每首诗都应该有它自身的形式，这正是自由诗真正的价值。但是每首诗有它自身的形式，不但不是要放弃形式，而且对形式有更大的要求。有意味的诗意味着每首诗都要确立起它自己的节奏，然后在稳定和变化的结合中，发展这种节奏。现代诗的节奏应该是自身内部建构起来的，它并不

---

❶ 郭沫若. 论节奏 [J]. 创造月刊，1（1）：14.
❷ Richard Aldington. The Art of Poetry [J]. The Dial, 69（2）：170.

仅仅是劳伦斯认为的即时性的形式，它是现在与过去的复杂游戏，过去的诗行并没有被完全抛弃，现在的诗行也没有完全逃逸出来。

　　然而无论中国的新诗，还是英美的新诗，有一段时间对形式忽略很大。这表面上是与旧传统决绝，表明自己的革命觉悟，但实际上是在忽视意味，是在消极地对待诗歌的节奏。中国新文学家夏丏尊在《新体诗》一文中曾指责道：

> 　　新诗破产了！
> 　　什么诗！简直是
> 　　罗罗苏苏的讲学语录；
> 　　琐琐碎碎的日记簿；
> 　　零零落落的感慨词典！❶

　　在美国，伊斯门（Max Eastman）也曾讥讽这种无形式的诗为"懒惰诗"。针对这些批评，有些现代诗人开始调整，重新寻找自由诗的限制问题。解决的方法不外乎两种，第一种就是把固定的格律当作一个稳定的结构，并不断地出入于这个结构。在英国，艾略特运用了这个方法，他的诗中有稳定的音律，创作中诗人越是无意识，音律就越会显著地呈现在诗行中，而当诗人的注意力集中时，他会寻找自由的诗行。艾略特把这种现象称之为音律的"鬼魂"。威廉斯提出"能变的音步"说，也试图在稳定与变化当中，重建英语诗的形式。

　　中国的新诗人为了应对批评，也开始认真考虑起形式来。人们看到在 1926 年前后，中国现代格律诗萌芽了，这正是对这种需要的回应。中国现代格律诗主张重建严整的诗律，这是从自由诗的极端又回到格律诗的极端，并没有真正前进多少。但严整的格律可以作为稳定的节奏的一种选择，以供诗行丰富和增益它。因而格律是有利于现代诗的形式建设的。

----

❶ 夏丏尊.新体诗［C］//夏丏尊.叶圣陶.文心.北京：中国青年出版社，1983：175.

而 1926 年后的中国现代格律诗，有一个奇特的现象，中国诗人在 20 世纪 20 年代不想再回到五、七言诗的老路上了，也不能再回到五、七言诗的老路上了，于是他们套用英语、法语的诗律。如陆志韦曾试验过五重音的诗体形式：

> 赶着自己的尾巴绕圈的狗
> 一碰——碰到了人家啃光的骨头

孙大雨、冯至也尝试过类似英诗音步的形式，比如冯至的《十四行集·十三》：

> 从沉重的病里换来新的健康
> 从绝望的爱里换来新的发展
> 你懂得飞蛾为什么投向火焰

这种新式的豆腐干，是按照英语诗歌的轻重律五音步（iambic pentameter）建造起来的，每行诗五个音步，在英诗里甚至音步中的重轻音都有规定，但在冯至的诗中轻重音是不得不舍弃的：

> 从沉重 | 的病里 | 换来 | 新的 | 健康
> 从绝望 | 的爱里 | 换来 | 新的 | 发展
> 你懂得 | 飞蛾 | 为什么 | 投向 | 火焰

读者按照这种节奏来读，是无法读出每行诗中的每个音步的。读这种诗让人喘不过气来，像得了哮喘病一样，人们不知道它的节奏是什么。

这种现代格律诗以及大多数自由诗，让中国诗歌真正地成为裸体、贫乏的诗歌了。如果未来能解决这种困境的话，就必须首先从汉语着手。一个诗歌的形式必须以它的语言为基础，如果重视汉语，重视汉语诗歌的实践，那么传统诗歌的形式将是现代诗不得不尊重的资源。或许有人会问，尊重传统形式，是不是就要捡起五、七言诗呢？这不是倒退吗？这里就要区分两个概念，一个是格律的观念，或者称其为格律的精神，一个是格律的格式。在同样讲轻重音的英语诗中，有轻重律音步，有重轻律音步，也有重重律音步。在讲平仄的中国近体诗里，有平起仄收，也有平起平收。格律格式指的是具体的格律类型，一种语言的诗中，会有许多格律类型，有的多的，如梵语诗律，多至上百种。虽然有平起平收，有平起仄收，但无论哪一种格式，它们都享有同一种精神，这种精神就是平仄的交替和变化；虽然有轻重律，有重轻律，但是无论诗行用什么样的音步，它们也都遵从一个共同的原则，这种原则就是轻重的重复。我们可以废掉任何一种格律的格式，但是任何一种语言中的格律的改革，都是要尊重格律的观念的。英美诗人想重作格律诗，他们并没有到汉语中来找一个模子。汉语诗人也应该这样，虽然五、七言的近体诗格律推倒了，但是旧的格律的观念还有适用性。我们需要做的是在这种旧的、稳定的观念下去寻找新的格式。去套英语的或者拉丁语的诗律格式，这不是创新，也不是在努力，这是在犯罪。一句话，中国未来的格律诗的一切前途，只在旧的格律观念里创新，舍此别无他途。如果有任何一个理论宣称，它找到了一个新的节奏的秘密，但是却抛开了语音的交替、变化，那它就是一个虚假的理论，这个理论家就是骗子。可惜的是，20 世纪有许多有名无名的理论，有意无意间干着这骗人的勾当。值得尊敬的人是很少的，闻一多是值得敬佩的一位。他的《死水》至今还被认为是"豆腐干"体的典范，这是一种假象，凡是豆腐干的理论，用前面的话来说，都是虚假的理论。其实，这首诗成功的地方，在于闻一多偷偷地试验了旧的格律观念：

　　这是一沟　｜　绝望的死水
　　清风吹不起　｜　半点漪沦
　　不如多扔些　｜　破铜烂铁
　　索性泼你的　｜　剩饭残羹

如果把每一个音组最后一个字（最重要的字）的平仄都挑出来，其状态如下：

沟	水	平→仄
起	沦	仄→平
些	铁	平→仄
的	羹	仄→平

这里的"些"字轻化，成为平声，而"的"字本为平声，但由于前后平仄交替的背景的存在，所以调整为仄声。虽然这首诗里丝毫看不到五、七言近体诗的格式，但是平仄交替、变化的观念仍然是存在的。

如果看《死水》的押韵，诗中每两句是一个单元，像是一联，而一联中，出句最后一字是仄声，对句最后一句是平声，非常有规律，如第一节的是"平平"的押韵；第二节的韵字为"花霞"，同样是"平平"。

诗行中音组末字和一联中的韵字的平仄变化，并不一定非要完全一律，如果开头几节能造成某种规律感，那么在后面的诗节中，是可以有破格的。这在弗莱彻和霍普金斯的理论中也都是允许的。如在《死水》中，第三节的韵字为"沫破"，偶数句上完全押了仄声，与前面稳定的结构形成强烈的对照，产生了变调的效果。这种变调在新的格律中是完全合法的。

闻一多的诗，是新诗中的试验。其实传统诗歌也有一些可贵的试验，可惜胡适和刘半农未能充分注意。如《又是想来》：

> 又是想来又是恨，
> 想你恨你一样的心。
> 我想你，想你不来反成恨，
> 我恨你，恨你不该失奴的信。
> 想你的从前，
> 恨你的如今。

　　你若是想我

　　我不想你你恨不恨？

这是《马头调》。再看《问咬》：

　　肩膀上现咬着牙齿印，

　　你实说是那个咬，我也不嗔，

　　省的我逐日间将你来盘问。

　　咬的是你肉，

　　疼的是我心，

　　是那一家的冤家也

　　咬得你这般样的恨！

　　从语言上看，这样的诗比五四时期的白话诗更加"文言"。从技巧上看，这样的诗，比胡适、甚至比徐志摩这类诗人的爱情诗描摹情感更加真实。从这两首诗中，我们可以找到中国明清民歌时调的形式：

　　（1）注重运用平仄（或四声）的交替或变化。

　　（2）讲究对仗，对仗使押韵和节奏更加鲜明。

　　（3）节奏上主要不是以两个字、三个字为节奏单元，每首诗有更大的节奏单元。最常见的是四字音组和五字音组，三字音组和七字音组等也常出现。

　　这三点可能就是中国诗歌未来形式建设的正路。这是尊重中国格律观念下诗律建设的基本原则。这三条原则，有些中国现代和当代诗人没有意识到，有些意识到了，但并不够重视，不去积极实践。

　　根据这三条，笔者在2005年试作了一首风格较古典的诗《短信》：

　　一遍一遍 ｜ 想把短信发（平）

　　发了短信 ｜ 又放心不下（去）

　　怕她有人约会 ｜ 不在家（平）

怕她狠下心来 ｜ 不回话（去）

一回回守着窗子（平）

一阵阵心乱如麻（平）

她是不明白 ｜ 我的心来（平）

还是装着假？（上）

    这首诗，前面几行用了很多韵，造成强烈的节奏感，这让后面两行不押韵的句子，具有了可贵的偏离效果。它们也生成了重力，使最后一行的押韵满足了心理的期待。但不能每首诗都押这么多的韵，都有这样的句式。对现代诗来说，对于这些原则的使用，就是让这三种原则有一些是贯穿全诗的，如节奏音组，有一些是贯穿局部的，如四声和对仗。

    凭借旧有的格律建立形式，可以让诗人和读者很好地沟通，但它也有很大的限制，由于新鲜感少而无法满足更大的创造欲望。于是就产生了第二种方法，即利用多种韵律要素，以求建造新的节奏。这种方法并没有达成共识，弗林特、弗莱彻、温特斯都进行了一些试验和解释。弗林特采用"节奏常量"来建立他的诗的形式，这种节奏常量是诗行中规律性存在的音节群，与音组在构成上接近，但可以生发诗行，因为它的作用更加重要。如下面几行诗：

If I have loved with a great love,	4 + 4
In sad or joyous wise,	2 + 4
It was your eyes;	4
如果我深深地爱过，	
怀着痛苦或者快乐，	
那就是你的眼；❶	

---

    ❶ F. S. Flint. Otherworld: Cadences ［M］. London: The Poetry Bookshop, 1920: 66. 关于节奏常量的详细论述，可参考笔者博士后出站报告《英美自由诗初期理论的谱系》第三章第一、二节。

这里都是由四音节的节奏常量来建构诗篇。当然也会有些诗行偏离这种四音节的常量，寻求变化和意外感，以与变化的情感相一致。

弗莱彻指出自由诗和格律诗其实都一样，都讲究音步，只不过方式不同：

> 就像格律诗一样，自由诗体的诗篇依赖节奏的一致和均等；但是这种一致不是拍子的平均连续，像节拍器那样，而是音律来源不同的同等拍值诗行的对待。❶

在弗莱彻的试验中，诗行中的重音数一致，但重音的位置和相互关系、轻音的数量，具有灵活性，这成为新的韵律元素。

在这些原则的启发下，笔者试验了另一首诗《菜市场的女王》：

> 一个卖鸡蛋的少妇
> 混在皱纹、白头发和黑胡子中间，
> 身旁是电动三轮车，
> 她张望着鸡蛋和来客
> 可能的图案，
>
> 静静站着，不吆喝，
> 她是赤道的孤岛，声音的空洞，
> 迎击着包围而来的喧闹
> 匮乏　骚动，
>
> 美丽的新装，取悦着季节
> 却与整个菜场发生对抗，

---

❶ John Gould Fletcher. A Rational Explanation of Vers Libre［J］. Dial, 66 （781）：13. 参见本书选译的弗莱彻《对自由诗的理性解释》。

一切原本已经妥协
颜色和年代
胶鞋和拖鞋，
她尖锐地挑唆所有矛盾
狭隘的女王，

人生的报复　很快应验
老农狡黠地旁观着
他们的手和脸，绝望的答案，
她轻蔑地打量着刑具
张开嘴笑，现在还不以为然。

　　这首诗里出现了两种节奏数量：四字的和五字的，虽然有损于形式的贯一，但这两种常量的交替、起伏，带来了更生动的节奏效果。在行末和行中的小句最后一个字的平仄上，可以发现有意为之的重复和变化。

（本文以在台州学院鹿路文学社的讲座为基础修改）

雪窗诗话

洛厄尔女士在《现代诗思考》中说："我们并不讲故事——我们将图像投到幕布上，自己却留在黑暗中。"注重形象的暗示性，说明洛厄尔与象征主义的渊源颇深。另外，这里也可以看出现代诗的一个特点，诗人并不试图表现什么，他们只设立一种路标，让读者自己寻找方向。因而现代诗是一种诗意的旅行，它更关注的是意义、编码、语句的中间状态。雅各布森说诗学就是语言学，正表明现代诗重铸语言功能的意图。

读《阳明先生集要》，见一条震撼人心：

"先生譬如泰山在前，有不知仰者，须是无目人。"

先生曰："泰山不如平地大，平地有何可见？"先生一言剪裁，剖破终年为外好高之病，在座者莫不悚惧。

释卷之后，吾有悟曰：正者能大，偏者能高。现代诗之所以超拔古人者，正以其偏耳。然又因此偏，现代诗不比古诗之厚重。后见戴蒙论意象主义，认为它感染力狭窄，只有"诗歌全部音域中之一种效果"，*Amy Lowell* 可与此参看。

自由诗产生初期，卡恩也好，休姆也好，都认为自由诗要避开音乐性。休姆说现代诗是读的诗，不是唱的诗，"新诗像雕塑而不像音乐；

它诉诸眼睛而非耳朵"(《现代诗讲稿》)。《法国象征主义对美国诗的影响》一书也说,意象主义排斥音乐性。但到新诗运动中后期,诗人们又认为自由诗是有音乐特质的,洛厄尔认为自由诗节奏的摇摆具有真音乐的和声曲线。与此同时,格律诗人也在捍卫音律的音乐性。音乐性的争夺战,实际上也是价值的争夺战,归根结底是诗歌代理权的斗争。

美的哲学存在严重的分歧,一种是感受式的、印象式的,一种是反思式的、想象式的;一种不得不与人的感性体验结合起来,一种则必须联系人的理性理解力;一种是即时性的、排他性的,而另一种则有强烈的历史感。现代美学关注的主要是感受式美学,而不是反思式美学,这妨碍了人们心理的美感的研究。如果要进行反思式美学的研究,"美感"这个词可能是一个妨碍,即反思式美学必须要关注另外的话题,才不至于受到"美感"这个词、甚至是"美学"的误导。反思式美学是人们感会艺术品而得到的心灵效果,它关注感会,而非瞬间的感受,最好将这种美学称作艺术哲学,使它与美学成为两个并立的学科,不相纠缠。诗作为艺术哲学关注的对象,它关注的是心理真实与现实的关系,诗歌节奏不是美学关注的问题,而是艺术哲学关注的问题,诗的节奏要放到普遍的心理活动中才能理解。

沃林格的抽象冲动,来源于对自然的恐惧,虽然这也有内在要求,但这种要求是人与自然之间的,是特定的,但康定斯基的内在要求,或者抽象精神,则是人心灵的波动(vibration),是普遍的,而非特定的。这种通过艺术让人心灵敏感的想法,既与伦理教化无关,又与人的精神信仰无关。如果说它与信仰有关,也是让人自我崇拜,即心灵中心主义。康定斯基不问这种心灵的性质,只关注心灵的表现,关注心灵对形式的决定力。这其实仍然是有机主义理论。它与阿诺德的理论相去不远,甚至与阿诺德的改良社会学说相比,还差一截。康定斯基是廉价的内心崇拜。

散文和诗都要准确。散文的准确着眼于事实和感受的指示，诗的准确则着眼于心境的感会。一个是记录，一个是保存。因而散文是解剖，而诗是重生。

诗要将心境保存下来，要利用心象。心象是原初的、第一位的，象征、意象、形象，都是心象的外显。虽然有些时候，象征、意象、形象并不需要充分的心象的支持，便可以产生。这是不准确的诗存在的原因。梦中往往有许多心象。

诗歌是人性的反映，往往是人性的谎言的反映。这种反映满足了人性的需要，也满足了美的需要。美也是人性的需要，是人性的完美的梦想。因而诗歌是人性谎言的高级的反映形式。但还有另外一种诗，它看清了人性虚假的美丽面具，因而啄破烦恼的茧，表现明净的灵性，这就是最高的诗，或者叫哲学的诗。在这样的诗中，平常的语言、象征、隐喻全都放下了诸侯割据的执着，具有一种空前的无所不能的表达能力。

包法利夫人的悲剧，就是观念欺骗了她，没有意识到我身非我，我心无常。自由诗在精神上与现代哲学上的人的处境问题有许多关联，自由表面上是启蒙主义、浪漫主义以来的呼唤，但它体现了现代人虚无、孤立、空想的心灵状态，体现了观念与真实的对立与疏远。

一个好的诗人，外意（outside meaning）和内意（inner meaning）应该协调并行。当外意通过形象发展的时候，内意也借助于象征的作用发展。但弗罗斯特的诗往往外象没有足够的力量唤醒内在的意义，因而内在的意义就没有得到充分绽放。在他的诗中，形象和后面的象征意义存在脱节的情况。

诗之所以为诗，是它要营造一种梦境，重复的事件变化为重章叠句的形式，因为梦魇要不断强化，所以重章叠句也不断地加强自己。诗就是象征性的营造某种心境的行为，而散文则是在清醒之后，对这种梦境的好奇与解释，它想探查这种梦。散文因而寻找着意义，它关注原因。诗就像是结茧一样，散文就是把茧给抽开，试图发现一切。因而散文不是心境的艺术，而是理解的艺术。诗不能简单地理解为情感的语言，它是一种营造行为，而且利用的是原始的思维能力。

要把意义和意味区别开。意义是文本包含的主题思想，而意味是意义展开的方式。因此，意味就是形式。有人说，形式是意义的生成方式，其实形式是意味的生成方式。意义是抽象的、静止的、不变的，而意味是具体的、变动的。古往今来，许多诗歌的意义相近，但是意味相差很大。意义不变，而意味却因时因地地变化。格律诗和自由诗之争，不是针对的意义，而是针对的意味。一个人心中有了一些感触，那么，他就有了模糊的意义要写。但这种模糊的意义还不是作品。只有在形象或者词汇的结合中形成一种巨大的力量，像台风眼一样，向前移动时，形式才会转动，意味才能旋转。

我心中的诗，是语言最简单的诗，但是掩卷之后不能自已。是最透明的诗，但是可以洞察心灵之奥。是清凉的诗，但绝不冰冷。

陈独秀在 20 世纪初，呼唤德先生和赛先生。中国最近几十年的变迁，最大的成果是树立了科学的地位。科学的本质是工具，而非目的。工具并不能让人获得终极的快乐。然而当代思潮的痼疾在于，人们大都把工具看作根本。其结果是，人们的感受力发生了改变。人们已经很难将感受力与身体的快感刺激切割开来了，身体在人性的欺骗下显现出幻象，实际的事物正在远离人们。佛家所谓色受阴，于今为甚。于是想起20 世纪初英国的直觉主义诗歌。休姆为了对抗过度人性的浪漫主义末流思想，不惜与人文主义决裂，其宗旨正在于纯化人的身体和感受力。而休姆的老师，柏格森，则认为只有通过直觉，才能获得绝对的知识，理性（科学的另一张面孔）只能获得相对的知识。在感受力受到遮蔽的今天，诗歌的目的，仍然是如何真正面对事物的问题，是如何非个人化的问题。而诗人则像是一个外科手术医生，他将人们发炎的眼睛切开，去除脓液，让人们重新看见世界。如果没有他，病眼中看到的只是浑浊的光影。

近日读德里克·阿特里奇（Derek Attridge）的诗律学著作《移动的词语》，该书不从音律出发来谈论自由诗和格律诗，而是从分行出发：内分诗行和外分诗行两类。内分诗行完全靠诗行的声音，而不须借助视觉因素。笔者认为该理论颠覆了传统的诗律学研究模式。在阿特里奇的新的诗学下，诗行内部的结构，诗行之间的关系，成为新的中心。这样一来，传统的音步和节拍都失去了贵族地位。另外，内分诗行的建行因素是差异，即前后诗行的声音区别。要么是不同的韵，要么是每个不同的诗行内部有不同的短语或双声重复。单独的诗行于是独立了，它以自身的独立性与前后的诗行区别开来。这让人想到中国诗歌的平仄。绝句中，每一行的平仄格式都不相同。

宗教徒容易看轻诗人。他们远远地避开，说诗人是烦恼的奴隶。但是只有真正的诗人，才能走在真如的路上。他看到肉体和城市围困的秘密，看到时代腐烂的粪堆上绝美的渴望，他说出它们，像衔落一枚种子。人人都好像理解，却又没人理解。就像星星在夜空，那么明晰，又那么遥远。

史密斯在《自由诗的起源》中把自由诗的文化含义抹去，而只从形式本身来评判。因而他的自由诗就伸展到 16 ~ 17 世纪，遂使得自由诗的历史由一百年，扩展到数百年。这种定义对于理解近现代诗歌形式的演变是有意义的。但过大地放宽自由诗的定义，不但会误解 20 世纪自由诗的特性，也可能会误解古人所作的那些所谓的自由诗。当古人寻找新的节奏形式的时候，他们可能并不认同自己是走在通向自由诗的道路上。在现在这个观念滋生，愈辩愈乱的时代，或许我们最好是放下形式的纷争，而从文化和美学入手来分析一些更加稳固的价值。

宗道《携尊江上》："小艇乘流急，人家逐岸斜。"诗中"逐"字甚巧，化静为动，而暗合艇中人观远岸人家之视野，可谓明代之"陌生化"（defamiliazation）诗歌，与托尔斯泰《霍斯托密尔》一文以马之眼观人间之种种怪状颇类。

宗道《偶题》："醉里童颜金炸色，愁来宦味蜡成灰。"又《即事》诗："宦味侵衰诗味长，道缘渐熟俗缘轻"，读之使人悟年华之贵，与宦事之空。

古尔蒙曾说象征主义其实就是真我的表达，诗人"应说出未经说出的事物，用一种未经固定的形式来说"（ *Le Livre des masques* ）。真我的表达需要自由诗。宗道论诗，独标本色，本色亦为真我，故亦有自由诗之要求。《顾仲方画山水歌·其二》以文为诗，开近代自由诗之先河。其诗曰："吾观仲方画，不从诸家入，亦复不从十指出，直是一片豪性侠气结为块垒，以酒浇之不能止……"

诗中忌同字重出，然偶尔用之，亦有韵味。如袁宏道《渐渐诗戏题壁上》："禄食渐渐多，牙齿渐渐稀；姬妾渐渐广，颜色渐渐衰。"中年人读此诗，最有无奈之感。

宛陵诗《舟中遇雪》："沙草缘堤没，杨花拂水多。"（《四部丛刊》影明刊本卷一）可谓"状难写之景"矣。又《依韵和载阳登广福寺阁》："晓涨林烟重，春归野水平。"（《四部丛刊》影明刊本卷二）以水乱烟，以春乱水。

欧阳修《六一诗话》云："圣俞覃思精微，以深远闲淡为意。"梅圣俞诗喜用仄韵，尤多用上声韵，这与其诗风之"覃思精微"不无关系，如《除夕与家人饮》："稚齿喜成人，白头嗟更老"（《四部丛刊》影明刊本卷四），《河南张应之东斋》："雨歇吏人稀，知君独吟苦"（《四部丛刊》影明刊本卷三）之类。又圣俞诗喜用赋笔，如"适与野情惬，千山高复低。好峰随处改，幽径独行迷。"

晚唐皎然《诗式》论诗有六迷，有"以气少力弱而为容易"之说，虽宋诗大家，圣俞诗多和韵之作，往往亦不免于"气少力弱"之病，如

《雨中移竹》："欲分溪上阴，聊助池边绿"（《四部丛刊》影明刊本卷二）。又如《自峻极中院步登太室中峰》："税驾绿岩前，攀萝不知倦。"风雅堕地，梗概无存，有白氏所谓"吾不知其所讽焉"之讥也。

兰波《断章》最有中国诗之韵味，其中有二句云："中国墨汁的沁香在加重，一种黑色的粉末轻轻地向我的夜晚飘落"（A vivant un agréable goût d'encre de Chine, une poudre noire pleut doucement sur ma veillée）。这二句，不如换作"夜来笔迹轻点染，扑面墨香渐次多"。此诗妙合杜牧《过华清宫绝句（之一）》："长安回望绣成堆，山顶千门次第开"。

兰波《海岸》一诗有："大堤的拐角因为阳光的漩涡而特别强烈"，"阳光的漩涡"是个奇特的意象，弯曲的水流，阴暗的一隅，被写的活灵活现，真可谓"状难写之景，如在目前"。

兰波《冬天的节日》一诗有："在梅昂德尔附近的果园和小路上，烛台延续了落日的青色和红色。"若简译成"果园落日晚，花烛来相续"，则可远接"花坞夕阳迟"。此乃千年诗心之会通，良可叹也。

中国诗学的许多理论的价值不在于它在纵向上怎样超越了其他的理论，而在于它在横向上的一种理论关系。理论在与其他理论的关系中确定起来，具有了它自身的价值。将一种理论与其他的理论联系起来，整合起来，我们才能看清这种理论的定位，这个理论才显示出它全部的意义。这说明中国诗学的理论主要是一种关系理论（relational theory），一种理论的价值往往不在它本身之上，而是在它与其他理论的关系上。

王夫之云："无论诗歌与长行文字，俱以意为主。意犹帅也。"主张以意为主，这实际上说明诗歌要先有主旨，后有文辞。宇文所安《中国古代文论读本》认为"文"是"志"或"意"的最终显现，文辞的源头在于诗人的情志，情志不明，则文辞无据。故以意为主说，实际上是对"诗言志"说的另一种强调和呼应。英国诗人也肯定诗歌是从诗人心胸中流露出来的，济慈说："如果诗来得不像树枝发芽那样自然，最好就别来。"（If poetry comes not as naturally as the leaves to a tree it had better not come at all. *Critical Theory since Plato*）有其情则有其诗，此即为"意犹帅也"的深刻含义。因此以意为主说，实际上暗合了浪漫主义的诗学观念：诗歌起源于作者的情感和体验。

　　贺拉斯《诗艺》是最接近中国诗话的西方诗学著作。他曾这样论文学措辞："在安排字词的过程中，要使用鉴赏力，要小心，如果安排巧妙，给一个耳熟能详的词赋予新意，你就能更为有效地表达自己。"（*Art of Poetry*）这种说法可参见《文心雕龙·神思》："拙辞或孕于巧义，庸事或萌于新意。"

　　在论天才和学习的关系时，贺拉斯说："或有问曰，令人击节称好之诗，是自然而得，还是有意而为？窃以为，有学无才无益，有才无学亦无益，若彼此相依相随，方为全璧。"（*Art of Poetry*）这句话亦可参见《文心雕龙·事类》："才自内发，学以外成，有饱学而才馁，有才富而学贫。……才为盟主，学为辅佐，主佐合德，文采必霸；才学褊狭，虽美少功。"至 18 世纪，浪漫主义滥觞期，英人对才学地位，有了新变，如爱德华·杨曾说："才为大师，学实小器；器虽有用，非必不可缺者也。"（*Conjectures on Original Composition*）观此可测古今诗风之变。

　　霍普金斯从英诗传统中总结了这样一条原则：诗行中的第一个音步、中间的音步（第三个）可以违规，其他处的（第二个、最后一个）必须要合律："在一个诗行的开头及行中停顿之后的音步，可以自由（违规）；但在第二个音步或位置上几乎不这样做，在最后一个位置上从不这样做，除非诗人想要获得非同寻常的效果；因为这些地方是（诗行的）特征所在，非常敏感，不容触碰。但第一个音步以及在重要的停顿后中间的音步发生颠倒是非常自然的事情，以至于我们的诗人通常都这样做……"（*Poems and Prose*）这种规则，类似于中国声律中的"一三五不论，二四六分明"，比如《近轩偶录》说："盖一三五不论，谓诗句中第一字、第三字、第五字，或当用平而用仄亦可，或当用仄而用平亦可，不必拘定。二四六分明：第二字、第四字、第六字，当用平者一定用平，当用仄者，一定用仄，不可移易，排律绝句皆然，古诗则不拘矣。"（见《诗法指南》）

中国古诗有韵随意转的讲究。《剑溪说诗》称："转韵无定句，或意转、气转、调转，而韵转亦随之。"《竹林答问》云："转韵以意为主，意转则韵换，有意转而不换韵，未有韵换而意不转者。"龙榆生《词曲概论》亦祖述之，主张"为了显示情感的变化，也得用换韵的手法，才能表达得恰如其量，把事物描写得有声有色"。法国人普瓦札在《象征主义》中引埃雷迪亚语，谓"押韵不仅是音节的对立，也是思想的冲撞"（C'est que la rime n'est pas seulement le choc de deux syllabes, c'est le choc de deux idées），亦得韵意关系之要旨。而飞塞尔论韵意双转，则与清代诗律家颇有神合，他认为不同的诗节中，内容要不同，以在美学上成全押韵（in order for the rhyme scheme to justify itself aesthetically）。

卷 二

自由诗初期理论选译

法国自由诗初期理论选译

前　言

　　谈到法国初期自由诗理论，不得不先介绍法国自由诗。法国的自由诗诞生在谁手里呢？这可是文学史上的一大荣誉，法国诗人曾为之你争我吵，互不服气。东多（Dondo）认为最早的自由诗是卡恩创作的，维尔德拉克（Vildrac）认为是拉弗格和卡恩携手创造了自由诗，格雷格（Gregh）认为荣誉属于克吕姗斯卡和卡恩，迪雅尔丹则认为兰波是最早的自由诗诗人。

　　迪雅尔丹的观点得到多数人的认同。兰波的《海岸》被视为第一首现代自由诗，写作时间是 1886 年。

　　不论谁是自由诗第一人，作为一种新的形式，自由诗并不是某个天才心血来潮、偶然发明的，用东多一本书的书名来说，它是"法国诗的逻辑发展"。

　　如果从更广阔的视野来看，巴纳斯派韵律精工的诗歌，在自由诗产生之前，正在不断地接受挑战。即使是在巴纳斯派内部，也有新形式的呼声。邦维尔曾呼吁："我希望用科学、灵感和永远更新、变化的生活，来代替机械的、固定的法则。"虽然邦维尔未能缔造自由的形式，但他在观念上影响了后来的诗人。魏尔伦随后进行了新形式的尝试，亚历山大体中间固定的语顿被打破，阴、阳韵的轮替遭到修正，诗行的音节数获得一定的伸缩空间，这种形式，即是"解放诗"（Le Vers libéré）。魏尔伦曾写过一首诗嘲讽自由诗诗人，他说："我们只能暗笑他们偏离门径"，虽然魏尔伦摆出一副保守者的面孔，但他的解放诗已经成为自由诗的预演。不拘音节数、不拘押韵和语顿的新形式，最终成形于兰波的散文诗试验。

如果把自由诗看作异地发芽的种子，那么19世纪70～80年代的景象是，种子在早些时候已经挂在了树上，要么等待着最后的营养，要么做好了准备，在风中跃跃欲飞。

这种新形式一旦产生，敏感的诗人、批评家就注意到了它的新的美学，他们之中，多数人本身就是自由诗的试验者。虽然伯韦（Bever）笑话卡恩不是一个诗人，只是一个热心的批评家，但卡恩确实是自由诗理论最早的总结者。1888年，他对"诗歌新形式"进行了探索，这种形式的单元是"节奏和意义同时发生的停顿"，他还呼吁诗人们"去创造他自己的、个人的节奏"，这已经完全是自由诗理论了。卡恩当时担任《风行》《独立评论》《法兰西神使》等杂志的编辑工作，这些杂志都是自由诗的主要园地，卡恩能方便地发表他的评论。1888年的那篇文章，就是发表在他编辑的《独立评论》上。他也推动了自由诗的传播，兰波的两首自由诗、拉弗格翻译的惠特曼的两首诗、卡恩自己的《插曲》，都发表在他编辑的《风行》杂志上。

继卡恩之后，1889年，格里凡出版了他的诗集《欢乐》，在序言中，他宣称："诗是自由的。"这个口号有标志性的意义，迪雅尔丹曾满心兴奋地说："事实上，自由诗已经赢得这场战争了。"

再接着，就是雷泰《自由诗》一文的发表，时间是1893年，发表在《法兰西神使》上。这篇文章可能是"自由诗"这个名词最早的出处，❶ 但长期以来，它并未得到人们足够的注意，甚至法国诗律研究家也很少提到它，似乎只有东多参考过这篇文章。雷泰像格里凡一样，强

---

❶ 笔者最近又发现新的材料：1889年，托梅（Alaric Thome）在《艺术和批评》发表《象征主义诗人们》一文，文中将象征主义诗人个人化的节奏命名为"自由诗"（vers libre），这可能才是法国自由诗术语的第一次使用。次年格里凡又发表了《关于自由诗》（A propos du Vers Libre）一文，文中采用了托梅的术语。为了保持与《世界文学》上原译文的一致性，这里在原文中不作更改。

调个人的节奏："不是学来的节奏，受制于其他人创造的千百种规则，而是一种个人的节奏，应在自身上去寻找它。"他还强调诗节是诗歌唯一合理的单元。

1897 年，卡恩出版了他的诗集《最初的诗》，诗集前有一篇序言，专论自由诗，他 1888 年的那篇文章也被摘选过来。这个序言既是卡恩个人诗歌、诗学的回顾，也是法国自由诗运动的一面镜子。它让我们看到音乐和自由心灵对新形式的作用。

这里所选的就是最早的这三篇理论文章。当然，除了这几篇文章外，仍然有一些重要的文献，需要读者注意，如莫克尔的《文学谈话》（1894）、斯皮尔《论法国诗的技巧》（1912）、迪雅尔丹《最初的自由诗诗人》（1921）等。

中国的自由诗译介，自五四时期开始，胡适、周作人、梅光迪、吴宓等人均有文章谈及自由诗理论。胡、周二君没有直接引用这方面的材料，梅光迪、吴宓虽有译文发表在《学衡》上，他们翻译的却不是自由诗理论，而是美国学者讨论自由诗的文章。《小说月报》1924 年号外《法国文学研究》上有两篇相关文章：刘延陵《十九世纪法国文学概观》、君彦《法国近代诗概观》。刘延陵的文章涉及法国自由诗理论的，只是只言片语，而君彦的文章，实际上是转译英文著作《现代法国诗人》一书，他本人并未见到法国自由诗理论原文，因而文章不免草率粗疏。当代学者有许多讨论自由诗的文章，但除了少数文章援引外文资料外，多数文章未能参考国外原始文献。在国内没有中译本可资利用的情况下，希望这篇译文能给自由诗研究者带来方便。

给读者*

弗朗西斯·维勒·格里凡

诗是自由的——这绝不是说"古老的"亚历山大体或破或立的问题（这种亚历山大体语顿要么单一，要么多样，要么具备"抛词法"或"跨行"，要么不具备），而是说更大的问题，即任何固定的形式不再被视为诗歌思想表现的必需模式；而是说，从此以后，作为有意识的自由，诗人遵循他应有的个人节奏（le rythme personnel），而邦维尔先生或其他巴纳斯派的立法者，却无由干涉；而是说诗歌才能将在别处闪闪发光，而非在诗歌修辞学上"已攻克的难关"上用力，它们又保守，又虚假：艺术并非只凭学习而得，它不断地再造自己；它并不活在传统里，而是活在革命中。

1889 年 6 月

---

* 格里凡（Francis Vielé – Griffin, 1864 ~ 1937）的《给读者》（*Pour le lecteur*）一文，为诗集《欢乐》的序言。该诗集由特雷斯和斯托克出版社 1889 年出版。格里凡是法国象征主义诗人，曾编辑过刊物《文学和政治谈话》。——译者注

自由诗*

——写给诗人们

阿道夫·雷泰

在这里，我不想停留在技巧层面，如阴、阳韵的连续或有规律的交错，必须作支撑的辅音，谐音原则下消除的元音连续，以及其他有点拜占庭式的种种束缚，我只想阐述关于自由诗的几个简单观念。我将抛开音节长度问题和形而上学的思考，我想讲的只是节奏，节奏能让人回归到抒情诗的情感之中，并且节奏只有在数量变化的诗行组成的诗节中，才能获得它强度的最大值；而这种诗行是由数量变化的音节构成的——对于脱离规则影响的个人主义诗人来说，这种节奏很合人心意。

一

当然，根据将要过时的诗学，也存在这样的好诗，它情感充沛，节奏工巧，但这种诗中，诗行虚弱、音节凑数的可能并不在少数。为什么呢？因为一方面是全韵（rime riche）❷的要求，另一方面是音节数量一致性的需要，它们妨碍了节奏的自由发展。规则的西雷❸们窒息了这个淘气的孩子——诗——因为镀了金的枷锁也好，被饰以奇珍异宝的枷锁也好，枷锁总归是枷锁。

那种诗学有最苛刻的讲究：除了全韵，人们还想用险韵；所有想象来的异国之美，都插在贫瘠的亚历山大体的身后，好像黑人国王的翎饰一样。那种诗学奇怪地滥用了十四行体，而在十四行诗中人们做出一种怪物，时而是公告牌，时而是雕像，时而是金银器，时而是五金杂物，

---

* 阿道夫·雷泰（Adolphe Retté, 1863~1930）的《自由诗》（*Le Vers libre*）一文，1893年7月发表于《法兰西神使》（*Mercure de France*）。雷泰是法国象征主义诗人，著有《象征主义的佚闻旧事》。——译者注

❷ 全韵，在法国诗律学中指最后一个重音及前后的辅音都一致的押韵，比如"usage"和"visage"。——译者注

❸ 西雷是古希腊神话中的女巫，有用魔药把人变成动物的法术。——译者注

还一直啧啧赞美道："瞧这好手艺!" ——啊! 天才少年魏尔伦将一首十四行诗的头颅砍下的那天! 第一枚炸弹在规则的神庙中轰然爆炸的那天! 巴纳斯派分崩离析：一些人呆若木鸡，另一些人则传播消息……那种诗学中，有一种迷信和技巧错误。迷信指的是"精雕"的诗、格言诗、人们重复来重复去的诗，批评家在一个虚假的框架上加上自己的条条框框、并自以为足以评价一个诗人的诗。这是一个很突出的民族怪癖。技巧错误建立在非常轻率的观点上，这就是诗句必然要呼唤第二个与之押韵的诗句，如果不押韵它就不完全……

我们可以补充：在那种诗学里，一些人对亚历山大体怀有的奇怪崇拜，变成了类型、典范、标准，变成祝圣的花朵，和它相比，其他在音节上较少关注的诗，只是些野花稗草。

对亚历山大体的这种伟大爱情说明：它是包含了最多音节的诗体。诗人们受限于诸多其他规则，受制于令人恼火的押韵，困于有规律连续的十字路口，他们复兴了传统的裁判所，屈膝于音节数量规则的赏钱。在亚历山大体中，他们找到的是自由的幻影。

亚历山大体可能是一种杰出的诗体，这是事实：脱离开它自身的桎梏，它非常适合叙述和戏剧性对白，但是从原则上看，相对于其他音律的诗体，它不具备任何节奏或其他方面的优越性。一首亚历山大体的好诗，要比六音节的坏诗更有价值；反之亦然。因为并不存在完美的亚历山大体，进入诗人梦中的东西，有艺术之神、管弦乐队、概括所有语句和所有诗篇的复合词，某些人所说的 "Om" 音节❶——这些人说话时眼睛狂喜，声音颤抖，面容像意守丹田的菩萨一样——仅此而已。

诗中唯一合理的单元是诗节，诗人唯一的指南是节奏，不是学来的节奏，受制于其他人创造的千百种规则，而是一种个人的节奏，应在自身上去寻找它。这先要排除形而上学的偏见，推翻与其对抗的押韵词典和诗律论著，打倒诗歌技法和大师权威。

---

❶ "Om" 音节，为印度教、佛教的神圣咒语，常常用在读经的前后。——译者注

二

　　然而，大师和前辈们根据一种自负的科学，借其派系的重要语言向我们说教，布瓦洛的这句诗里将其概括得非常好：

　　要想懂得技能，必须经过学习

　　他们要求您去钻研作家们，您姑且听之——这尚待核实。在著名但已死去的诗人的作品面前，您只需心不在焉地听听那些狂热的倾慕之言——通常以这句话结尾："他是我们所有人的先驱。"别表示反对，保持沉默，把心思放在别处，默默地作诗。但有一次您回到家后，拿起某位"诗人"的书来钻研，静静地阅读，当您在书页上发现这样的话，您无须感到烦恼："这个诗节里有四行诗非常出色，但一个韵太弱；这首克服了困难、令人惊愕的十四行诗，美的像个印度王子，披上了拉合尔和贝德雅普尔❶最耀眼的宝石。他处身于大理石的奥林匹斯山，此时瓦尔基丽❷的军号响起。"我们能发现，这首十四行诗出色地混合了不同种类的动机；或许你可以称它为巴纳斯山上的外国阔佬——我说的是太阳神阿波罗那里的外国佬。或许你发现它在书中的位置很理想，很恰当。总之，你将得出你个人的看法——自由。

　　然后，如果这些诗是好诗，它们会给你的心灵涂抹上黎明的旭光：好诗永远不嫌多。

　　至于技能，是必须了解它，深入了解，但不像他们理解的那样。

三

　　我希望遇见一个野蛮人，一个原始、敏感的人，因为晃动的森林而内心激动。芦苇在风的触摸下，在花团锦簇的河边轻声细语。他因此而内心充满幻想，他对鸟鸣报以甜蜜的孩童般的微笑，他天生地倾心于朝

---

　　❶　拉合尔，巴勒斯坦的文化和艺术之城，有 2000 年的建城历史。贝德雅普尔为印度南方的城市。——译者注

　　❷　瓦尔基丽，北欧神话中的女战神。——译者注

阳的纯洁，尤其是醉心于某个女人，而浑然不知。她出现在春日的黄昏中，出现在远处蓝色的林荫小道上，随后莫名地消失在哪片柳树丛中。我希望他有诗歌的天赋。我要对他说："我的兄弟，瞧你来到一个世界上，极其孤独，极其无知，极其贫穷。在这，孤独、无知和贫穷是个又黑又冷的洞穴，贪婪的材料在这个洞穴上建立起它的宫殿。你注定要在这个洞穴里遭到监禁，与芸芸众生有共同的痛苦。这些人中有些像你一样优美、强健，眼睛含着失落的光芒，另外一些人，生于两个可怜人的欲望的地底，患着佝偻病，凄凄惨惨。在他们的眼睛深处，转动着的只是世俗绝望的阴暗。在那儿，假如你的狱卒们偶然注意到你的歌——它在你身上绽放出森林和鲜花、小鸟和太阳，以及那个消失的女人——他们有时就会把你从黑暗中拖出；他们将给你披上五颜六色的衣服，而你得歌唱，为了让他们消遣。因为你美，贵夫人们将把糖果扔给你，高级强盗将请你喝杯酒。可是，不大一会的功夫，人们就会厌倦你这孩童的歌，人们将发现它单调而且唱得'过于天然'。因为你带来花朵茂盛、声音婉转的森林的心灵，还有一大片蓝天；因为你绝美地发散出自由的气息，在这些沉闷的房间里——而这些房间充斥着人工的气味，并且仅放射出死寂的灯光，统治者将在仇恨中抓住你；他们永远把你打入最深的洞穴中，让你陷入绝望。或者，假如你是个讨人喜欢的奴仆，他们将打磨你，给你抛光，把你阉割掉，让你受受教育。——在这种情况下，你丧失了自我：你将成为俳优，隶属于神甫和僧侣、国王和王后、军官和总管、大法官和财主……这即是说你成了玩物，属于骗子和傻子、匪兵和小偷、奸臣和自以为是之人。

"假如你侥幸地从这个洞穴和教育中逃脱——这种侥幸有时会发生——你就会逃亡到诗人的世界中。这是一个奇特的国度，那里全部是梦想、北极的曙光和布满星星的天空。那里的居民尽可能地离群索居，互相隔离，人们力求建造与众不同的房子，尽量远离邻人。在房子周围，他们兴建小花园。当有访客到来，觉得花朵的香味令人愉悦，但就他的审美观而言有点布置失当，因而对花园的装饰风格颇有保留意见，仅略加称赞而已，诗人们就对他大声咆哮。一般来说，尽管他们很小心地互相避而不见，因为他们或多或少受到了教育，一种巴洛克习性使他们在某些日子里重新聚集起来，以颂扬他们中的某个人。他们夸耀他的花朵和种植技术，他们询问他的方法，他们劝其颁布戒律。假如他禁不住这些甜言蜜语，人们就打出幡旗，拥着他穿越国境，一齐歌唱着模仿他的风格做出的颂歌——假如他最终也自视甚高，就有着将他抛入沿途陷阱中的危险。于是大家这样呼喊着：建立一个学院。

"你要警惕一个个学院，警惕一个个温室。在那里，一个受骗的园艺家，也许他很聪明，他去培植半人工的花朵，建立一个传统——培养一些怪胎。每一步，你都会遇到他们，一个个温室！

"有罗马式的学院，在那里，人们教你用陈旧的羊毛和褪色的金丝编织挂毯，人们令你不得不对陈腐的神话肃然起敬——你将变成一个怀疑的新希腊派，❶ 一个真正的小希腊人。❷

"有传统的学院，这个学院在很多小城市自然地滋生。人们在那里捍卫传统，人们在基座上重塑已损坏的——倒塌的——雕像。特别是他们骂个人主义是饭桶。这是一群勇士，他们在巴汝奇的羊背❸上寻找金羊毛。❹

"也有一群天主教徒。你将会排斥他们，即使他们发挥才能去强化教义和神秘的兴奋。因为你不需要教义以及神秘主义的调子，你将会在你自身上发现它，而不需要借助圣像和祈祷书。你尤其要摆脱开其他的天主教徒，他们让圣母和宙斯结成婚姻：他们是在蒙萨尔瓦特❺的一群大言不惭之人。

"然后你会与象征主义诗人们发生冲撞。其中的危险并不罕见。他

---

❶　新希腊派，19 世纪中叶出现于法国的一个艺术流派，主张复兴古希腊的艺术风格。

❷　此处原文为拉丁语"graeculus"。

❸　巴汝奇是拉伯雷《巨人传》中的人物，他买下羊商的头羊后，把它扔下大海，羊商别的羊也都纷纷入海。巴汝奇的羊比喻那些盲从者。

❹　希腊神话中的珍宝，藏在黑海沿岸的科尔喀斯。伊阿宋带领英雄们打败毒龙，历尽千难万险，终于把它带回希腊。

❺　蒙萨尔瓦特（Mont－Salvat），瓦格纳戏剧《罗恩格林》《帕西法尔》中的地点，是保存圣杯的地方。

们给你解释，一首诗应该有三层意义，每层意义都由所选的独特象征来代表；就好像古往今来，每个真正的诗人如果不关注象征是否有三层或二十四层意义，就没有通过其杰作去营造他个人的象征似的。镂空的心灵，他们围着给伊西斯神❶洗礼的空隙，拼命堆积刺绣的帷幕。别在乎他们神秘的浮夸之言，别害怕他们行家里手的神态——他们在这种神态下重复象征这一词语；别理会他们的叫嚣，冷静地撕破他们的帷幕；你十次会有九次发现，帷幕下面一无所有。

"这就是他们，这些人在自己的心田中，采摘睡莲一样的诗篇。他们温存而和善；他们对着自己以及别人泪如雨下，他们诅咒思想，他们互相通信说：

太阳落在修会后边。

"这可以完美地表达欣喜若狂的新教徒的心愿，因为厌倦了金色的天空，鹳鸟们的灰影向一个非常阴沉的圆屋顶猛扑而去。——但这并不是一首诗。

"还有许多其他学派。那里每天都有新鲜事。这就是成群结队行走的需要，以及教育在诗人身上培养出的寻求体系和做法的需要。诗人们失去了、浪费了他们最为纯净的存在，他们窒息了自身内在的声音，以求单调地诵读模仿之作。而学派内部也争吵不休：教条的宣言和声明，预言性的序言以及在艺术名义下的宣言，都像茅草一样越长越高。

"然而其他的人，陶醉于自己的宫殿之中。他们害怕并且仇恨诗人，就如同他们害怕并且仇恨自己被埋没一样，他们对这些争吵满心欢喜。他们嘲笑争斗，嘲笑伤口，嘲笑四处弥漫的敌意；他们说：'诗人们互相吵架，我们倒落得清静。'"

你避开吧，避开这些喧嚣的社团，甚至不要听他们可能给出的建议。我也受过这种教育，我也鼓吹过这些教义，追随过这些学派。我的话你仅需记住一些简单观念，当你的理智告诉你它们是正确的，你根据

---

❶ 伊西斯神，古埃及神话中的生育神、死者守护神，她曾经收集并拼接起丈夫俄塞里斯的尸块，令他复活。——译者注

自己的意识自由接受它们。

"因此，学会你自己的技能，在你的心灵奥府中制作它、寻找你自己的节奏，要耐心，要坚强。你要知道这种节奏多变，有多种样式，要知道今天它希望歌唱颤动的森林的旋律，或者歌唱花团锦簇的河边俯着身子的芦苇的抒情曲；明天将是爱的颂诗，因为归来的女人，将用她清新如花、弯曲如小蛇般的手臂，围着你的脖颈，或者将是感激的赞美诗，当初生太阳纯洁的亲吻，将要清洗你夜间感到恐惧的前额之时。那时你将会发现它，你将摒弃那些阻拒人的表象和威望。它会纵声歌唱，在快乐而多变的诗节中，它将敲打出所有的音色，呈现出所有的生活。

"因为节奏是生活本身。走吧，跟着它走。它是个新生的孩子，它将用自由的方式，告诉你你自己的灵魂。它蔑视险韵以及全韵，蔑视音节的数量和时长，蔑视'精巧'的事物以及能工巧匠制造的所有东西。"

四

"不过，你知道这是将要来临的吗？——你的诗人兄弟们会这样羞辱你。

"有些人将来到你面前，并且对你说：'是的，但这样一个人懂得将今天必要的胆量和对传统的敬意结合起来：他的自由诗尊重亚历山大体。'还有人告诉你：'对我来说，我认为整体上不必超出12个音节；您是不守规则的一个例外，自由诗应当有所节制。'

"啊！众说纷纭！假如你相信我，你将会对他们嗤之以鼻。

"而且，对你重要的是：你将创造出一部作品，出于你对共同劳动的贡献；一个真正的社团将承认这个作品，因为你创造了具有你形象的生活。你将是一个运用个人表达工具的自由心灵。而所有的教育和所有的传统除外——你将做你想要做的。"

论自由诗序*

古斯塔夫·卡恩

一

《漂泊的宫殿》出版已经十年，它是自由诗的开山之作。对于许多人来说，在《漂泊的宫殿》开头，作者重新写下他对法国诗歌的新形式想说的话，是很合适的事。即使这里没有更多的细节，也至少有更强的宏观性。作者认为这可能有些用途，因为他不仅体验到赋予这种诗学运动标记和方向的某种自豪感，而且还因为，对于反对方，这个尝试无论好坏，它都要承担属于自己的责任。因此，如果这里对它本身谈得多一点，敬希见谅。

我们坚持采用这种标签：自由诗。首先是因为我们最初的努力自然地接受了这个标签。它能更好地指出我们革新试验的意义，胜过这个讨厌的词语：多形态诗（vers polymorphe），这个词是由反对的批评家捏造的，它让人觉得科学的术语被移用在诗歌美学方面。而且还因为在诗歌开头，作一个学究式的报告过于沉闷，我们避免在这里把过多的技巧知识加诸诗歌的结构上；况且我们并不想把这个序言写成韵律的论著，也不想写成自由诗的通论。我将仅限于作某些历史的澄清，写出一个诗人会说给同行们的话。阿纳托勒·法朗士先生❷在某处说过，大意是诗人们找到他们的节奏，无意识也锤炼了语言，他们气喘吁吁地拆解诗节的零件时，显得不太文雅；这是很有可能的。从原则上看，他提出了这种观点：人们首先创作诗，随后再确定它的节奏。但是，难道在新诗人和

---

* 《论自由诗序》选自《最初的诗》。作者古斯塔夫·卡恩（1859～1936），法国象征主义诗人，曾担任《风行》《独立评论》《法兰西神使》编辑，代表作除《最初的诗》外，还有《象征主义诗人和颓废派》。《最初的诗》最早于 1897 年出版，现据 1899 年第 3 版翻译。——译者注
❷ 阿·法朗士（1844～1924），法国诗人、小说家，诺贝尔奖获得者，代表作有《博纳尔的罪过》《企鹅岛》《白石头》《神渴了》等。——译者注

生手之间没有某种差别吗？新诗人相信他们的语调和歌曲，而生手在品达❶身边晃来晃去，一个字一个字地读着范文，像卫兵数着脚步一样数着音节数量。

啊！这并未攻击过去的诗人们：我们最近宣布，象征主义是浪漫主义必然的、合乎逻辑的结果；我们绝不会否认我们的祖先，也不会否认我们的兄长，严肃地说，这只是针对模仿者而言的——他们尾随着前人，亦步亦趋，使词语和思想遵照着前人的规范。我们还不至于援引邦维尔反抗古典主义的那些要求独立的论据去反对我们的先人。跟邦维尔一样，我们承认，如果不从节律的方面来看，高乃依、拉·辛、莫里哀和拉·封丹的确创造了杰作，"尽管他们的工具并不顺手"。我们不想这样说浪漫主义诗人们；他们有一个卓越的工具，能让他们创造令人钦佩的诗篇（在我们看来，浪漫主义包含巴纳斯派），但是我们可以有一个更好的工具。我们与邦维尔非常一致，以致于我们认同他的定义："诗歌是有节奏的人类语言，以便能歌唱，确切地说，在歌唱之外并不存在诗意和诗体。"但是，假如浪漫主义诗人的耳朵不同于古典主义诗人的，我们的耳朵就有与他们都不相同的需要。颜色的感觉在变化，诗歌调子的感觉也在变化；虽然这难以察觉，但它不容置疑！但总会出现某个时刻，人们会感受到这种改变；漫长的演化在此时变得足够明晰，这就叫转变。无疑，假如纯音乐或诗歌的演化紧随着这种听觉变化，韵律学就会缓慢、连续地改变，就像在一个学派内部生出的事物一样。比如，巴纳斯派把施加在浪漫主义诗人们身上的压力，转而施加在自己的家产上。但总体上看，就事实而言，韵律学并不是如此变化：

第一，因为已经特别敏感的诗人们的耳朵，在它们的形成期、调整期，在创造的晨曦的时刻，一切都染上特有的光芒；它对我们而言美丽异常，以至于像新的一样。耳朵会逐渐习惯于某些调子，由此最敏锐的听觉也会昏昏欲睡，变得迟钝。这有点像听优美音乐的人，让他开心的只是一些熟悉的调子。

---

❶ 品达，公元前 5 世纪希腊诗人，工于音律，被誉为最伟大的抒情诗人。——译者注

第二，当这些诗人在技术上稳定下来时，新的一代将会崛起；在他们中间，许多诗人会模糊地感觉到革命的必要性，至少有诗人能明确地感觉到，并且敢于去做。

由此可见，那些不用自己的耳朵倾听，却想成为他们已经非常难以理解的艺术家的忠实听众，这些人的斗争、对抗、联合、抗议也就自然而然了；随后则是新观点的胜利，条件是只要它们够好，只要还没有某种新近的变革成为权威。演化的艺术，像变动的心灵一样，连续不断，像一切的表象，像一切的现象；毫无疑问，这是事物的本质。为何修辞学的严刑峻法能超出它们存在的根本原因继续延续？特别是超出它们的外在原因继续延续（我们还要回到这个话题上）？就目前的情形看，为了解释我们的听觉与我们年龄最近的兄长有多少差别，请注意大多数浪漫主义诗人与巴纳斯诗人往往与相邻的艺术——绘画——相通；刚刚诞生的印象主义绘画（他们还不熟悉特纳❶）使他们习惯于严格的曲线，要限定界线，要清晰地勾勒，近乎雕刻。而随后的一代沉浸于音乐之中，迷恋于复调音乐和复杂的曲线。随后出现了下面的反对意见："你们没有这种音乐的基础。波德莱尔熟悉瓦格纳的作品，他在美丽的诗页中演示了它，孟戴斯❷非常早就点缀过瓦格纳主义。"我们将反驳道，波德莱尔在 1862 年对《汤豪泽》❸ 以及他的批评研究有所了解的时候——已经 40 岁了。他付出大量努力，心神疲倦，他能体验到新美学的快乐，也能令人佩服地表达它们，而这些并没有使他改变诗歌的一种形式；但实际上，他所做的已经是对过去的一种征服。假如这同样的理由对孟戴斯没有多大价值，他令人吃惊的地方，是因为他的诗学修养，尽管不太先进，但已完备；它忠于一种技巧的理想，他尚不能感受到它的失效性，因为这种失效性还并不存在，这种理想给他仍旧新鲜的创作留下了

---

❶ 特纳（1775 ~ 1851），英国画家，工风景画，对后期印象主义绘画有很大影响。——译者注

❷ 孟戴斯（1841 ~ 1909），法国诗人，有批评著作《瓦格纳》《诗歌运动的报告》。——译者注

❸《汤豪泽》，瓦格纳创作于 1845 年的歌剧。汤豪泽是生活在 13 世纪的德国诗人，在德国传说中汤豪泽曾经发现了维纳斯的地下宫殿，并且在那里逗留了一年。——译者注

空间。我相信并且确定，对于我来说，音乐的影响给我们带来一种诗歌形式的感受，它更流畅，更精确；而且在我能够唱出自己的歌时，青年时代的音乐感受，（不仅是瓦格纳，还有贝多芬和舒曼）影响了我的诗句构思，使我能唱出一种个人的歌声。

各种反对意见渐次呈现；我预想，是否魏尔伦对音乐有某种鉴赏力？但让我们按顺序来。浪漫主义诗歌的典范是什么？它左右了我们最近的、更令人愉悦的诗歌阅读。

浪漫主义诗歌的类型是二元的，在所能容纳的最大尺度——亚历山大体中，是偶数音节的游戏。邦维尔说："十二音节的诗，或者说亚历山大体，与拉丁语的六音步诗相对应，它在 12 世纪被一个诺曼底诗人亚历山大·德·贝尔奈发明；这就是我们的全部音律，经过了历时最长的一段改善。也就在我们这个时代，它达到圆满、灵活、变化的极致，拥有其可能闪耀出的全部光彩。"作为巴纳斯派的创始人之一，他向我们解释，他接受亚历山大体，但不是古典式的，不是受到浪漫主义改动后的亚历山大体（他之前在《讼诉者们》中高兴地见到过这种改动的诗体，这千真万确，但《讼诉者们》只是游戏为之）。

因此，当自由诗肇始之时，这种与其先前呈现的形式大不相同的亚历山大体，算起来有 60 多年的历史。因而借口它有 700 年的历史而反对我们，是没有道理的。一种文人的创造——贝尔奈的亚历山大体——出现在 12 世纪；在前进的过程中，这种创造发生多次改变，以至于到了难以辨认的程度；的确，人们并未拉长它，但除此之外，它最初的形式受到了极大的冲击。这种诗体变成了十二音节的，有十个可能发生的语顿（césures），有必须要合律的语顿，因为不存在十二音节的词语，否则的话就废除了语顿。这种诗体让人满意了 60 年或者 70 年，但不再令我们感到满意了。这是否像人们叫嚣的那样，说是我们破坏了它？我们仅仅是改造它。我只想说，它不是一个亘古不变的现象，我们可以谋求解决的办法。在法国，人们谈论十四行诗比谈论万有引力更加困难，违反三一律比违反政治自由更加困难；但是物各有时。此时此刻，三一律这种令人尊敬的规则以及它的兴衰起落，是一个极佳的例子，它可适用于音律的命运。

三一律一定不是可憎的甚至恶劣的。人们说过，它并非凌空蹈虚，毫无根据，并非建立在对亚里士多德错误或无用的解释上。它的优点是控制优美紧凑的作品，控制庄重的悲剧：它的存在，暗示出道德危机研究的一种理念，不会旁生枝节；剪裁得很好，简单、短小、紧凑，就像自然法则一样。它能满足剧院的需要，同样也能满足戏剧多样变化的美学。这两种理论有相同的逻辑吗？只要它们同时并存，只要它们不是两种方法，而是两种引导方向，就有相同的逻辑。

三一律的过错，不属于认为悲剧可以在相同的地点、时间、空间中变得紧凑的人，而是属于墨守成规的人，这种人制订出普遍的法则，正如戏剧中的学究禁止把快速进展的、可信的事件放到一天之中一样。亚历山大体中存在许多诗歌规则和音律禁令，就像三一律的法则一样。无疑，在特定的时刻，它们把一切都搁在了某个严格或似是而非的事物上。在浪漫主义革新抒情诗之前，以前所称为轻诗歌（légère）的诗，只是从克服过的困难中寻求它存在的微弱理由，对此我深信不疑；它不能动人心弦，也不能激发诗兴，人们变得机巧；人们玩着戴戒指的游戏，规则面前，人人机会均等。邦维尔有理由在文中反对马勒布和布瓦洛：布瓦洛擅自制定的严苛规则并未建立在任何严肃的事物之上，这纯粹是武断的，这是一个批评家的率意而为，他毫无理由地强加规定；邦维尔宣称仅仅是人们的懦弱使其顺从这种规则，正是出于这种懦弱和对奴役的热爱，在拉马丁、雨果、戈蒂埃、勒孔德·德·李勒❶之后，它仍旧成为人们的谈资。邦维尔的话千真万确。但在布瓦洛的时代，存在一种外在的原因，一种对布瓦洛来说深刻的原因，这种规则至少有一种观念作为基础。在这种中央集权的时代，当妨害王权的封建权力的最后枝权也被剪除的时候，在这个勒诺特❷大行其道的时代，任何事都需要

---

❶ 勒孔德·德·李勒（1818～1894），法国巴纳斯派的主要诗人，作品有《古老的诗》（1852）、《野蛮的诗》（1862）等。——译者注

❷ 勒诺特（1613～1700），路易十四的园丁，负责凡尔赛宫花园的设计和建造。——译者注

一个直线式布局的园丁，一切概莫能外。为了赋予法国诗歌华丽与高贵（这种高贵，像穿着沉重的铅袍❶一样，压在缪斯的肩上），人们只在意规则是正当的；人们寻求足够多的规则，但往往是统一性的、宏伟的规则。在威严的步态中，诗行的腿部有一个弯：半行。布瓦洛的这种规则是反诗歌的，因为它不是产生于诗歌的需要，因为它来自于一种社会目的，因而受到扭曲。

　　我们并未将邦维尔的敏锐天性与布瓦洛笨拙的才能混淆起来。弗洛里斯的主子❷永远崇高的地方是，他指责雨果并未打破壁垒；他的格言是，当人们自认为最勇敢时，人们仍旧很胆怯。他在犹豫和怀疑上总结了他的韵律学，认为浪漫主义的韵律学并非亘古不变的。我们不能把古典主义规则笨重的、不合逻辑的特征，更多地归之于这种韵律学。浪漫主义作家给我们留下的教导有许多优秀的东西，这些东西自16世纪开始宣讲，到19世纪公开出现；但是就像三一律一样，虽然在某些情况下非常优秀，却不能成为通则。但它成了一个不变的规则，捆绑住抒情诗，正如另一个规则一样。

　　大约有15年了，在已经成名的诗人中间，一些人已开始寻求变革，寻求改变他们诗歌的做法；多亏了这些诗人，有两种方法呈现出来。斯特凡·马拉美先生认为诗歌缺少委婉和流动性，但他并未寻求解放它，而是相反；可以这么说，他令其更加重要了。他涉及的只是音节的深度以及音节的选择问题。拉马丁的音调所需要的读者，公平地说，不能也不会崇敬在早期巴纳斯诗选上发表的好诗以及《牧神的午后》这首诗，它的音律和谐是窃窃私语的、富有魔力的、富有启发的。另一边，魏尔伦和兰波敢于将诗行打破，拆散它，获得奇数音节诗行的权利。有11年了，《往昔和昨日》给我们带来许多优美、变化的曲线。之后不久，拜魏尔伦的好心，我得到了兰波《灵感集》的手稿，我立即将它们发表在《风行》杂志上。兰波《灵感集》中的一部分诗歌，摆脱了很多束

---

　　❶　铅袍，用铅做成的衣袍，古代的一种刑具。——译者注
　　❷　弗洛里斯（Florise），为邦维尔喜剧《弗洛里斯》中的人物，诗歌的导师。此处"弗洛里斯的主子"应指的是角色的塑造者邦维尔。——译者注

缚，但并不是自由诗，不比魏尔伦的诗有多少超越。古代音律上很多巧
妙的差异，带来一种新工具在歌唱的外表，但这种外表只是幻象；它是
一种古代的节奏，具有许多魅力和可塑性，还具有一种特别危急的感
觉。我这里讲的是"节奏"，而非"诗"（poésie），这是因为此处关注
的是形式，而非这两位诗人所寻找的思想的全新领域。他们的诗是"故
意而美妙的错误"。长久以来，我探寻其他的方法，它们不是这些新诗
集的方法，不是令科比埃尔❶光荣复活的方法。在我看来，将十四行诗
的头颅砍下、摆弄节奏、放宽诗行对称的标准，这些都还不够。长久以
来，我在自己身上力求寻找一种足以表达我的激情的个人节奏，它有我
认为不可或缺的重音和步法；在我看来，古代的韵律学仍然是一种新韵
律学的特例，新韵律学包含了它，也超越了它。固定的形式在长期的使
用中变得笨拙，新韵律学放弃了这些固定的形式，它对传统感到厌倦。
假如在《漂泊的宫殿》之前，没有出现自由诗的诗集，并不是我觉得形
式不如内容那样足以示人。在我们 20 岁后，拉弗格了解了我的理论，
但在使用我那仍处于酝酿期的原则时，他的热情多于理论；可是未来的
发展趋势的种子已在孕育，我们的诗在结构和目的上，差别很大。在诗
行的解放上，我寻求一种更加复杂的音乐，然而拉弗格寻求的模式，是
给相同的感觉施加一种更加精确、更加紧密的真实性，不使用任何凑数
的字词，并且还运用最高的敏锐度，最多的个人重音，像说话一样。虽
然《悲歌》❷中有许多旋律，拉弗格对音乐关注得很少（除了使用街头
古老的重章叠句），他抛弃了诗节单元的偏见，这使他的许多诗显得很
突出。他的诗有许多新颖的节奏，非常美丽，属于一心想让诗行敏感起
来的学派，即魏尔伦、兰波和一些诗人的学派；他们醉心于语顿的问
题，而语顿产生于寻求罕见的、重获新意的词语的过程中。我相信从这
一时刻开始，特别是在这一时刻，我们的努力特别放在了诗节的建构
上。拉弗格故意摆脱它，自愿地靠近一种更大的、观念上的自由，这种

---

❶ 科比埃尔（1845~1875），法国诗人，诗风多样，节奏常常是断裂的。——译者注
❷ 拉弗格 1885 年出版的一本诗集。——译者注

观念自由将其引向一种多变的、透明的语句，那的确富有诗意，这就是让人伤心的《美好愿望的花朵》。❶

《漂泊的宫殿》中的形式试验，就其本质来说，阿尔贝·莫克尔❷先生在他的《文学讲话》中有清楚的评价；一旦做出总结，他的工作就值得注意了："古斯塔夫·卡恩先生创造了一种多变的、自由的诗节。在这种诗节中，建立在重音音节基础上的诗行进行了期待中的改革，直至完美；诗行所缺少的，仅仅是一点节奏的力量。另外，一种更加稳定、更加连续的声音和谐，代替了清晰的、令人愉悦的音调和谐。在比利时以及法国，这些诗发表后，立即出现许多在相似形式下构造的诗篇。维勒·格里凡先生在迟疑之后，好像意气风发地冲锋陷阵，冲向最坚固的堡垒。德雷尼耶先生跟着他，但隔得较远，就像现在大多数的文学家一样；这两位诗人拒绝了亚历山大体的束缚，但一个比另一个更加彻底，等等。"我引用莫克尔先生对我讲的赞扬之词，是因为这些判断无疑是正确的。而且他关于这一问题的历史渊源了解得也很准确，他看到了魏尔伦式的解放诗（le vers libéré）与明确而有力的自由诗的差别。假如说他掌握的名册还只限于最早参加这些运动的诗人的话，这两种诗体足够接近，象征主义诗人中就会有一些可敬的长辈及散文作家，因其观念暂时的相似而在某一时刻联合起来；解放的观念和更具有复杂性的观念具有共同基础。

二

人们谈论魏尔伦对自由诗的影响，或者不如说人们称颂他的影响；斯特凡·马拉美先生的影响却不太明显。在书籍施加的影响之外，往往还存在一些口口相传的影响。马拉美先生在这方面起了很大的作用。正是接触他的思想，接触与较年轻作家相近的思想，才产生了象征主义这个词。实际看来，他的定位与自然主义相反，倾向于一种纯诗的理念；

---

❶ 1886 年，拉弗格完成《美好愿望的花朵》，但最终放弃出版。拉弗格去世后，这本诗集才在 1890 年出版。——译者注

❷ 阿·莫克尔（1866～1945），比利时象征主义诗人，与法国象征主义诗人联系密切，著有《马拉美，一个英雄》《文学谈话》等作品。——译者注

在这一首或那一首诗中，我们根本找不到他与我们中间最好的诗人相近的踪迹，但这种相近可能存在于他诗集的整体格调中。他以晦涩为借口，鼓起勇气，不惧怕一切思想的复杂性，他在思想的拼贴中摒弃平庸的个性。他的语词联系全然是思想上的。他是让我们与波德莱尔联系在一起的一个环节，因为波德莱尔是一位先驱，不仅由于《恶之花》的着色艺术，而且特别是因为他寻找着居于诗与散文二者之间的形式。他虽然只完美地获得过一次成功，但令人尊敬，这首成功的诗就是《月神的美德》（孟戴斯至少有一次，也成功地、再度发现了这种复合的样式）；若比较《恶之花》与《散文诗》的节奏部分，我们就得到一种混合诗集的印象，诗集中两种歌唱的语言形式合理地相互轮换。这种匠心仍然可以在《漂泊的宫殿》的布局中再见到，而且这仅仅是一个阶段，因为自由诗有义务在诗歌的躯壳下表达出一切；但这就留下了与传统衔接的痕迹。在自由诗的诸多要素中，有这一个要素，还有其他的要素、其他的抱负。这是怎样的一个创造者啊，他完全熟悉它的起源（没有这点，他就不会有这种自觉），他并不梦想着对一切彻底重建，更何况所有严肃的批评都意识到，推倒一面艺术之墙，人们就碰到整整一面社会之墙；正是这一点说明，当所有的艺术要求都提出来时，它们也会遇到有力的抵制。既定存在的守卫者同意所有的准则，诗歌、音乐、舞蹈、伦理的协会以及中国城墙的关口，都使出浑身解数工作。如果我们过后自问为什么杂驳的象征主义联合体能够持续一些年，我们说过，它由不同类的诗人组成，由一些像亚当❶这样的小说家组成，常常由一些像修拉❷一样的画家组成，原因在于所有的新思想在联合一致的抵抗面前团结起来。瓦格纳主义是一个保证，因为象征主义与印象主义结成同盟，但这种保证又是相互的，它们相隔这么遥远，这么截然不同。在《风行》和《独立评论》那个时期，对于真正的读者而言（作为少数派，

---

❶ 保罗·亚当（1862~1920），法国作家、批评家，与象征主义运动有联系，曾编辑《独立评论》。——译者注

❷ 乔治·修拉（1859~1891），法国后期印象主义画家，工风景画，代表作有《大碗岛的星期日下午》。——译者注

我们喜欢把自己塑造成精英），新文学肇始于龚古尔；当它汇聚于自然主义后，经过了维利耶·德利尔 – 亚当❶之手，也完全将我们包括进去。有人使用隐喻的语言说，我们这些另类的人，无论如何也沾了个边。这是笼统的批评意见。最微妙的批评是，阿纳托勒·弗朗斯先生和勒迈特❷先生更好地做了辨别，这让他们可以少爱我们一点。往日之事（我不想说它们最终得到了人们的热爱），在各大报刊上，我们仅仅从米尔博那里得到了支持。回忆已经够多的了：要知道，自由诗并非始于百年之前，它只有十年。

三

1888 年，《独立评论》上关于布吕内蒂埃❸先生的一篇文章，❹ 让我有机会澄清几个观念。我曾说：

确实应该承认，同社会风俗一样，诗歌形式有生有死。它们从最初的自由，一转而枯竭，再转而成为无用之技巧；此时，它们在新作家的努力面前销声匿迹，那些新作家关注更加复杂的思想，因而更难用先前有限而封闭的形式表达。

我们还知道，经过过度的使用，这些形式像褪了色；它们丧失了最初的效果，在有能力更新它们的作家眼里，服从它们的规则毫无价值，他们清楚这些形式在经验上的起源和软弱无力。在任何时期，对于所有艺术的演化来说，这种现象都是颠扑不破的。在 1888 年，我们没有任何理由可以推翻这个真理，因为我们这个时代绝对不是知性发展的巅峰时代。——这样说是为了让诗歌新形式的努力获得合法性。

---

❶ 维利耶·德利尔 – 亚当（1839 ~ 1889），法国象征主义诗人，小说家，代表作有《未来的夏娃》。——译者注

❷ 于勒·勒迈特（1849 ~ 1906），法国批评家、戏剧家，有批评著作《当代人》。——译者注

❸ 布吕内蒂埃（1949 ~ 1906），法国作家、批评家，曾发表文章讨论自由戏剧。——译者注

❹ 这篇文章发表在《文学和艺术专栏》1888 年 12 月号上，名为《布吕内蒂埃：自由戏剧及其他》。这里的引文与原文有略微的出入。——译者注

这种努力是怎样构想出来的？简言如下：

首先应该理解先前试验的深刻道理，并思考诗人们为什么局限于他们的改革试验。不过，诗歌之所以在解放的道路上走得太慢，是因为我们忽视了去探索它的主要单元（与有机体的组成部分相类似）。如果说我们有时察觉到了这种基本单元，那么就是忽视了去注意它，从中获得益处。因此，浪漫主义诗人为了增加偶数音节的亚历山大体或其他更普通诗体的表现方法，发明了错位法（rejet）。它是在一个假象上产生的，即把两个十二音节的诗行，转变成一个诗行是十四音节或十五音节，另一个诗行是九音节或十音节。那里有不和谐音节，以及对不和谐音节的恰当的补救。但在匆匆采用随便哪种方式以改变诗行之前，假如他们研究过如何分析古典诗歌，他们可能会看到，在一联诗（distique）之中：

> Oui, je viens dans son temple adorer l'Eternel,
>
> Je viens selon l'usage antique et solennel
>
> 是的，我到他的庙宇里，来崇拜上帝；
>
> 按照古老而庄严的习俗……

第一行诗由两个6音节的半行构成，第一个半行属于无韵诗：

> Oui, je viens dans son temple
>
> 是的，我到他的庙宇里

第二个半行是：

> adorer l'Eternel
>
> 来崇拜上帝

同样也可能是无韵诗，因为根据习惯，我们不确定能在随后的诗行中找到押韵。随后的诗行，指的是组成一联诗的第四个六音节半行。

因而，就最初的观察来说，这一联诗由四个六音节的半行组成，有两个半行单独押韵。假如我们进一步来研究，就会发现这两行诗的节奏应作如下分析：

> 　　　　　3　　　　　　　　3　　　　　　　3　　　　3
>
> Oui, je viens — dans son temple — adorer　l'Eternel,

```
         2              4           2          4
```

Je viens — selon l'usage — antique — et solennel

　　第一行诗是由四个三音节构成，第二行诗分析为：2、4、2、4。很明显，所有伟大的诗人，若多多少少采用一些理论的方法，都能感受到诗歌的这些基本条件。拉辛凭经验或者本能使用了这些基本的、必要的诗歌原则，正是根据我们的理论，他的诗的节奏应作如此分析。语顿的问题，在古典诗歌大师那里，甚至都不算一个问题。❶

　　在上文的诗行中，真正的单元并不是诗行的传统音节数量，而是在诗行和思想的有机组成部分上，节奏和意义同时发生的停顿（arrêt）。❷ 这种单元由元音和辅音的数量或节奏构成，而这些元音和辅音是有机的、独立的单位。由此产生了浪漫主义的自由，有趣的过度自由可见于这样的诗行中：

　　　　les demoiselles chez Ozy

　　　　　　menées

　　　　ne doivent plus songer aux hy –

　　　　　　ménées

　　　　姑娘们来到奥齐家

　　　　　　阴谋

　　　　不必再打算什么

　　　　　　姻谋❸

　　这样的过度自由在意图上犯了错，因为诗行中的停顿是听觉上的，不具有任何意义上的停顿。

　　诗歌中的单元还可这样定义：代表一个声音停顿和一个意义停顿的最小片段。为了联结这些单元，使它们具有连贯性，以便组成一行诗，必须要令它们联姻。这种亲戚关系叫作双声（allitérations），是相似辅音

----

❶　正是布瓦洛提出了这一问题。

❷　在《独立评论》中，原文为："是在诗行和思想的有机组成部分上，语句和意义同时发生的停顿。"这里将"语句"换为"节奏"。——译者注

❸　结婚（hyménées）这个词的后半部分，正好与阴谋（menées）一词的字母相同。这里用"姻谋"，试图暗示出婚姻和阴谋这两种意思。——译者注

或者半韵，在元音相似的基础上形成的联合。我们通过半韵和双声得到的效果，如下：

Des mirages ｜ de leur visage ｜ garde ｜ le lac ｜ de mes yeux
他们面孔的幻影中映着我眼睛的湖泊

　　如果说古典诗歌或浪漫主义诗歌必须要有第二行诗紧随其后，或者在很短的间歇后与之相和时才能存在，上面的诗例，却有它自己的、内在的存在。如何令它与其他诗行联姻呢？这是靠诗节的逻辑结构。诗歌的内在节拍构成诗节，而这种诗节包含主要思想或思想中的要点。

　　对于固定的诗节，即最古老的诗节的运用，以及对于自由的诗节的运用，我要说的是对我刚刚论述固定的诗行的重复；强迫自己遵从十四行诗或者传统的歌谣体，与强迫自己接受诗歌在经验上划分章节一样毫无用处。

　　这种新技巧的重要性，除了发扬被迫忽略的音调和谐外，将会允许任何一位诗人构思他自己的诗歌；或者说，去构思他原创性的诗节，去创造他自己的、个人的节奏，而非令他们披上早经剪裁的制服，只能沦为辉煌前辈的学徒。

　　另外，利用古代诗学的资源往往是被允许的。这种诗学有它的价值，应作为特例加以保留。新的诗学像这种诗学一样，以后仅仅用作一种更普遍的诗学的特例；古代的诗歌区别于散文的地方，在于一种安排方式；新诗歌希望凭借音乐来区别它，在自由的诗中我们寻找亚历山大的诗行或诗节，这可能很棒，但在这种情况下，它们在自己的位置上并不排斥更加复杂的节奏……

四

　　对于这个又短又旧的叙述，我要作何补充呢？

　　我们的法语中确实有重音，但重音微弱，这是由于巴黎语音是个混杂之物，是在外省特别多的不同的发音上形成的。使用这些发音是为了建立一种适中的、平和的、中庸的语言，至于辅音的回响以及元音的歌唱，宁可中和，也不可驳杂。这种重音，当我们要它们在词语中固定不变时，可以在词语中强调它们，但是如果在例句中依次念去，它们就会消失在对话之中，消失在朗诵之中，或者最多它们不消失，却变了。因而有种整体的重音（accent général），在对话和朗诵中，引出整个一个语句，或者整个一个诗节，它在其中决定听觉上时值的长短以及词语的音色。这种相似的重音遍布全世界，在此意义上，每个人的每一次激情，几乎都产生了相同的现象，不管加速或者放慢，它们在本质上至少是相似的。这种重音通过令有口才的人或诗人心动神摇的情绪，在词语间传递，它只怀着这个目的，它对词汇重音毫不在意，或者对它们身上具有的固定时值毫不在乎。这种情绪冲动的重音（accent d'impulsion），控制着诗节中基本诗行的音调和谐，或者控制着赋予诗行节奏运动的开头诗行的音调和谐。而其他处的诗行，如果我们不追求对照的效果，都有责任与这种诗行的时值保持一致，就好像情绪冲动的重音将它们固定了一样。莫克尔先生和德·苏扎❶在研究诗歌节奏的过程中，所察觉到的，正是这种根本法则，他们将其命名为演讲的重音（l'accent oratoire）。

　　格律诗与新诗（le vers nouveau）在语音效果上的另外一个不同，在于人们评价哑音"e"的不同方式。格律诗计算哑音"e"有完整的时值，尽管它完全不发音，但不排除诗行末尾处的哑音发声。对我们来说，考虑的不是押韵的最后一个音节，而是构成诗行的多个双声、类韵的组成部分。我们没有任何理由不把哑音"e"视为每个组成部分的末尾，并分析它的节奏，就像在格律诗的行末处一样。我们应注意，除非是省音，哑音"e"这个要素，在诗行末尾处并未消失，我们听得不太明显，但能听到它。因而在我们看来，分析它的节奏是合理的，因为我们将它视为附近音节中的一个简单间隔。从这个观点来看，我们与下意识的朗诵保持一致，而这种朗诵是节奏的真正基础。一旦这种朗诵与改变它的情绪冲动的重音保持一致了，与服从于情绪冲动的诗歌音调保持一致了，这种朗诵就构成了节奏。因为诗行或诗节是唱段的全部或者一

---

　　❶　德·苏扎（1865～1946），法国批评家，对法国诗歌的形式有许多研究，代表作为《法国诗的节奏》。——译者注

部分，是书写成行之前的话语。

　　根据我们的定义，若排版技巧用在了貌似押韵的两行诗中，以求承认它们，那这种排版技巧就是背离行为。诗人是为了耳朵来吟诗或者写诗，而不是为了眼睛。由此可知，这是我们对押韵所做的调整之一，这也是我们与邦维尔不一致的一个要点，因为我们的诗歌观念骨子里合乎逻辑，且又变幻不定，它不由分说地使我们远离这种原理："我们在诗中听到的，只是押韵的词语。"诚然，邦维尔说话的方式美妙迷人，但这剥夺了他的原理的严密性，尤其是当他把话说得又干脆又简短时；当他确信《十诫》的维尔赛诗体的简短性中具有一个科学法则时，就带给我们这个令人高兴的特点，这种情况极为常见。这里就是一个实例。我们非常希望被伟大的诗式的语言所哄骗的听众，尤其是这种语言在剧院中被人拙劣地朗诵的时候，能极力借助押韵，以使他们分辨所听的是诗还是散文，对于伪古典主义诗歌来说的确是这样。邦维尔的后继者可以反对我们说，使用自由诗的形式，障碍仅仅是被调换而已，而且邦维尔的箴言仍在，即假如伪古典主义诗歌或低劣的浪漫主义诗歌的特点只是在押韵方面，它可能会与散文混淆起来，更加飘曳的自由诗将会与一种有节奏的、有数量规则的诗散文（prose poétieque）混淆起来，与一种音乐混淆起来。如果人们同意这句话，这可能会更好，它能更好地实现我们的目标。何况我们并不摒弃押韵，我们只是解放它，或多或少地把它简化为类韵；我们避免在诗行末尾敲锣打鼓，这太处心积虑。但是我们通过类韵来维持我们的押韵，我们把完全的押韵放在行中，以与行中其他的押韵相应和，特别是节奏想要放置它的地方。节奏忠于意义，而非对称，或者可以说，忠于一种比平常更加复杂的对称。

　　不管诗歌是建构在固定的诗节上，还是采用自有节奏的武功歌诗节以来命名的形式（最早的例子见于《漂泊的宫殿》第129页，这种形式最接近古典主义的话语，最适合大段抒发的情感），抑或是采用浪漫歌的简短回忆，押韵或者类韵都应更加灵活。

　　我们并不设定诗节的其他尺度。自由诗基本上是变动的，我们绝不想把诗节制度化。正是情绪冲动的重音，以及它与回忆中的情绪或者想要传达的感觉的持续时间、数值的相称，成为诗节的决定性要素。这部诗集以及其他诗集中的诗节，在我看来，是暂时有效的安排，是仅仅针对这一次情景的精确再现。自由诗的诗人们决不能抄袭他们自己的诗节模式。相似的诗节显然有相似的节奏运动，但是节奏规则不要过死，它应该灵活多变。

我对诗行的技巧还有话说，这与超过十二音节的长行诗有关。为什么不可以？为什么它的持续时间非要限制为十二个、十四个音节？为何不承认这样的诗可能会变成十足的维尔赛诗？在这种诗体中，鉴赏力和听觉足以提醒诗人们，假如我们想使诗人们情感的喷涌更紧凑的话，我们就能把三个或四个部分组合成单独的一行诗。这种诗还有概括总结的价值，与押韵三行体诗（terza rima）的最后一行相似，❶ 只用诗行本身就能达到更加真实、更加丰富的效果，不需要借助排版或者诗歌结尾的延长号。要想把它解释清楚显然有许多细微的困难，但它是一种韵律学，我不想在这里写韵律学论著。

对自由诗的反对意见

第一种反对意见说："自由诗并不是法国诗歌中一种新的形式，人们惊奇地对如此古老的东西大献殷勤，这真让人震惊；这曾经是拉·封丹的诗体，莫里哀曾出色地使用过它。"能够仰仗这两位声名赫赫的导师，这倒也惬意，但不幸的是，这种说法从各方面来说都是不准确的。诗人们对此非常了解，无须我们详述，他们总是直觉地预感到这一点。无疑，他们懂得美妙的内在美（暂且不论高乃依、拉辛诗中的音顿和押韵具有一致性，暂且不论拉·封丹诗中的魅力及其被遗忘的做法）。在他们那些应该被更准确地称为通俗诗的诗中，莫里哀和拉·封丹只是看到了要选择优美轻柔的音律，这音律在调子上与英雄体诗以及拖着长裙的亚历山大体仔细地区别开来。但他们诗歌的创作方法，是出于便利之需，尊重舆论，尊重挑剔者的成见，这使被他们所改变的游戏规则，始

---

❶　押韵三行体诗，由相互联系的诗节组成，每个诗节中第一行和第三行押韵；这个诗节可能无限长，结束于最后一个单独的诗行。如"aba bcb cdc d"。——译者注

终不会出现不和谐的音调。假如您愿意，这也可说是优美的诗，因为人们需要采用短行诗的形式，以获得令人愉快的喜剧性和明白的寓言。保留长诗行，表明人们想径直进入讽刺剧的领域，进入滑稽模仿的领域，这正是高乃依在他的《喜剧幻象》中所做的工作；作品中马塔莫尔说的语言，正是熙德将要使用的。在这种轻松的模式下，17 世纪的杰作与新诗的试验，没有任何形式上的亲属传承关系。

下面是另外一种更严厉的反对意见，这也是一位大诗人提出来的。在他看来，自由诗是这样一种技巧，它应该是自我的自传、心灵状态的凝结，标示着诗人应围绕自身性格来描绘的个人曲线。为了表现伟大题材，顺应庆祝生命和理性的主要仪式，应该使用亚历山大体的宏大乐器。简而言之，自由诗是散文诗的必然结果，它创造了一种厕身在散文和感恩歌旁边、在法则和宗教仪式旁边的诗。

无疑，我们找不到哪些自由诗想成为这种伟大的非个人歌唱的作品——像斯特凡·马拉美的诗歌所暗示的那样。因而，这种反对意见是未雨绸缪，虽然书中已经对此进行了论争，但问题还未得到解决。另外，它触及这种技巧的命运：它不应局限于个人的诗，或装饰的诗。正是缺少这种宏大的作品，我们才断定，在我们的诗歌发展过程中有一个短暂的停滞；我们愈来愈超越我们的局限，可能有人会发现反击反对意见的胜利论据——是一本诗集。但我更愿意承认这些宏大的作品，远非局限于一种束缚的技巧，具有什么一致性的目的，它们力求汇聚所有诗歌艺术最富变化的手法。在人们做出崇高努力之际，谁打算放弃这些手法呢？优美、高超、复杂的新作品的存在，增加了亚历山大体过去的荣光。为了诗歌的未来，它们不提出任何结论性的意见。它们拥有的力量相当强大，这些力量的存在足以从它们的意义上来总结问题。它们不会阻碍新的探讨出现，它们更富教益，更加灵活，更加坚韧，根据意愿用最少技巧上的束缚，去表达尽可能多的内容。

（原刊《世界文学》2012 年第 4 期，感谢赵丹霞编辑更正拙译中的许多错误）

英美自由诗初期理论选

前　言

英美自由诗的发生是文学史上的大事，它不仅促成了"新诗"运动、"意象主义"运动的产生，而且对后来的各种流派都产生了深远的影响。虽然现代意义上的自由诗出现的时间稍晚，但是自由诗的理念是古已有之的。古希腊的品达的诗、麦克弗森伪造的《奥西安诗集》、英皇詹姆斯颁布的《钦定版圣经》的赞美诗，都可看作自由诗的源头。惠特曼《草叶集》的出版，是自由诗历史上的重要时间节点，《剑桥惠特曼指南》认为它"几乎创造了英语中的自由诗"。惠特曼有自觉的理论意识，主张打破诗和散文的界限，提倡一种无音律的诗。尽管惠特曼是自由诗及其理论的先行者，但是并没有使用"自由诗"的术语，也没有清晰地看到自由诗与有节奏的散文的区别，所以后来受到洛厄尔女士的否定。

严格意义上的英美自由诗理论，出现于 1908 年。这一年，休姆接触了卡恩的自由诗理论，并开始建构自己的体系。弗林特也开始倡导自由诗，强调个人的节奏。该年年底，休姆在"诗人俱乐部"上宣读了他的《现代诗讲稿》，这是英美自由诗理论的开山之作。休姆和弗林特的自由诗理论都受到法国自由诗理论的直接影响，他们 1909 年后经常组织文学沙龙。许多参加沙龙的人后来成为自由诗诗人，如斯托勒、庞德。休姆 1912 年远离了诗学活动，倒是庞德、弗林特、奥尔丁顿等人结成了意象主义的小团体。随着洛厄尔女士的加入以及意象主义诗歌和文章的不断发表，自由诗理论渐渐在英、美两国热了起来。但1917年后意象主义的年度诗选终结了，意象主义诗人不再有紧密的集体活动，再加上1922年《逃亡者》诗刊对音律的重新提倡，自由诗的大潮在澎湃了一个时代后似乎渐趋衰落。

虽然意象主义诗人是自由诗理论的主体，但是自由诗理论实际上是开放的。在休姆、弗林特和意象主义等诗人的影响下，有不少批评家和诗人肯定或者批评自由诗，他们的观点都可纳进自由诗理论。限于篇幅，本书未将自由诗理论的批评文章囊括进来。

需要注意，自由诗理论并不是纯粹的反音律的理论。在不同的时期，在不同的理论家那里，自由诗与音律的关系都不一样，有些理论疏远音律，有些理论与音律结盟。休姆的理论是前者的代表，它主张废除音律的统治地位；弗林特的理论强调诗歌形式最大的自由，与休姆的理论倾向相同。奥尔丁顿的理论显现出另一种倾向，它注意到自由诗与散文的不同，试图寻找自由诗形式上的本体特征，这其实是对休姆、弗林特等人早期理论的修正。斯托勒的理论又是对这种修正的回应，它试图给自由诗的无形式辩护。伊顿的理论从节奏和旋律上区别开自由诗与散文，可以看作对奥尔丁顿的理论的某种回应。弗莱彻的理论显示出艾略特相同的倾向，即向音律回归：自由诗的自由，是音律规则的自由，不是摆脱音律的自由。

自胡适以来，国人对意象主义和自由诗的介绍和研究著作不可谓不多，但目前可供利用的自由诗理论译本很少，主要是庞德、洛厄尔（包括意象主义阶段的弗林特的）和艾略特的文章。它们对介绍自由诗的大要起过历史作用，但要深入理解和研究自由诗，还需介绍更多的理论。本书选取的资料主要有两类：一类是国内无译本且常被忽略的重要文献，休姆、弗林特、奥尔丁顿、弗莱彻的理论属于这类；另一类是有重要参考价值的稀见文献，斯托勒、伊顿的文献属于这类。希望本部分译文能给国内中国现代文学和英美文学的研究者带来方便。

现代诗讲稿*

休 姆

我想从我对诗体（verse）的主张开始谈起。这样做是为了免人批评。我想从那种有点低级但十分明确的层面来谈，我认为批评理应限定在那种层面上。我的观点是，诗体完全是也仅仅是表达的工具。我会给你们举出一个例子，它与我所持有的立场正好相反。上周，《礼拜六评论》中一个评论员说，诗（poetry）是灵魂飞升至更高境界的工具，也是灵魂与更高现实结合的一种工具。可是，这是我极为厌恶的主张。我想平平常常地来谈论诗体，就像我谈论小猪那样：这才是唯一诚实的说话方式。会长上周对我们说，诗歌与宗教相像。绝没有这种情况。它是表达的一种工具，正如散文，如果你不能从这个观点来为它辩护，它就不值得留存于世了。

当"灵魂"这个词被人讨论时，我一直怀疑它。他让我想起中世纪经院哲学家谈论上帝的说话方式。当对任何事物的原因浑然无知时，他们就说是上帝造成的。如果我在自己的讲话中使用灵魂这个词，或者谈论更高现实，你们就会知道，我不知道此观点真正的原因若何，我正试图蒙骗你们。大多数有关诗的讨论中，谎话一箩筐。批评家想解释诗歌技巧，他们故弄玄虚，嘴里咕哝着无限和人的心灵，就像是在集市里卖狗皮膏药。

有两种可以思考诗体的方式。第一种是把它作为需要克服的障碍，第二种是作为使用的工具。在第一种情况下，我们看待诗人就像看待钢琴家，将他们说成是诗体的巨匠。另一种是将它仅仅看作工具，我们自

---

* 休姆（1883～1917）的《现代诗讲稿》，最早于1908年年底在"诗人俱乐部"上宣读。休姆生前没有发表该讲稿。原文见罗伯茨1938年所著的《休姆》一书的附录文献，或者1955年的《再次沉思》。——译者注

己为了一定目的要使用它。一家日报将我们与美人鱼俱乐部❶相提并论，但我们不同。我们是一群现代的人，诗体必须要给我们解释成表达的工具。我没有天主教的兴趣，只有强烈的个性和偏见的趣味。我对传统没有敬意。我是由内进入诗体这一问题，而非由外。我有些印象想固定下来。我读诗，以求得到写作的范式，但没有找到任何模式能精确地适于表达那类印象；亨利❷的几个扭摆不稳的节奏可能是个例外，直到我读起法国自由诗（vers‒libre）时才找到了，它好像切合于用。

因而我不想要任何文学批评，那将会在另外一个层面上谈。我不想被一根大棒打死，与但丁、弥尔顿和剩下的其他诗人形成参照。

我这个论文依据的原则是，在任何时代，诗体形式和诗歌状况紧密相连。学院批评家对于任一时期诗体的兴盛列出林林总总的理由，但是真正的理由很少给出。这是新的诗体形式创造和引进的原因。一种新的艺术形式的采用对于艺术家来说，如同穆尔❸说的那样，就像一件新衣服之于一个女孩；他想在其中打量自己。它是一件新玩意儿。你会把诗歌活动在伊丽莎白时代的井喷，归因于美洲大发现。美洲大发现对当时宫廷诗人的影响，大致等同于一颗小行星的发现对斯温伯恩诗歌活动的影响。我认为真正的原因是，从意大利和法国介绍来的各种各样的新素材和新形式，给诗作练习带来了首次机会。

必须承认，诗歌形式就像风尚一样，像个体一样，它们发展然后死亡。它们从最初的自由演变到衰落，最后沦为癖好。它们在新人面前消逝，新人负载着更加复杂、更加难以用旧形式表达的思想。使用过滥之后，它们最初的效果丧失了。任何可能的曲调在那件乐器上都演奏过了。它对新人来说还有什么可能性？或者，还有什么吸引力？如果诗歌像演戏和舞蹈一样，是一门无从记载的艺术，必须代代重复，那情况就又不同了。演员不必像诗人那样感受到古人的竞赛。就我个人而言，我

---

❶　美人鱼俱乐部（Mermaid Club）是英国伊丽莎白时代的戏剧家和诗人的俱乐部，因集会地点在"美人鱼酒馆"而得名，琼生、邓恩都是其成员。——译者注

❷　亨利（1849～1903），英国诗人，代表作为《不可屈服》。——译者注

❸　穆尔（1852～1933），爱尔兰小说家、诗人、艺术批评家。——译者注

当然赞成将所有 20 年以上的诗体彻底清除。但恐怕这种快事不会发生，除非柏拉图的愿望成真，一位小诗人变成了独裁者。同时，有必要认识到因为诗是不朽的，它不同于这些必须重复的艺术。我想强调这一点：只有表现方式上代代重复的这些艺术，才有一种不变的技巧。像诗一样的另外的艺术，它们的素材是不朽的，必须代代寻找新技巧。每一个时代必须有它独特的表达形式，任何有意违背此方针的时代都是不真诚的。

艺术形式衰落的新近阶段非常有趣，也值得研究，因为它们特适于当前诗歌的状况。它们像宗教衰落的新近阶段，当时灵魂死亡，人们对礼仪怀着没有意义的尊敬。躯体已死，上面趴满了苍蝇。模仿式的诗歌有如雨后春笋，女人们对着你和我又是窃窃私语又是哀怨，以及玫瑰，一个劲地玫瑰。诗歌变成感伤的表达，而非刚健的思想。

本能够用前人的旧工具的作家们拒绝再使用它，因为他们发现它不胜任。他们知道旧规则全然是经验性的，因而拒绝受它们的束缚。

正是在这样的时期，一种新的艺术形式创造出来；伊丽莎白诗剧落幕之后，新的抒情诗来临，以迄于今。注意这些变化，这很有趣，它们并不是来自一种自然的过程，艺术家对其浑然不知。新形式是厌恶旧形式的人故意带来的。华兹华斯带来了现代抒情诗，他并不谎称这是一个自然的过程，他措辞恰当地称其为一种新方法。

与我要说的联系颇深的一个特别例子，是 1885 年前后的巴纳斯派：❶ 它本身是作为对浪漫主义的反动而开始的，很快就趋于式微；它的主要原则是押韵和形式的尽善尽美，这与当时的自然派和谐一致。它是一种逻辑式的诗体形式，与象征式的不同。该流派有许多大名鼎鼎的人，蒙德、❷ 普吕多姆，❸ 等等。但是他们并不多产，他们没有创造出

---

❶　巴纳斯派也译作高蹈派，是 19 世纪流行于法国的一个文学流派，邦维尔、普吕多姆、魏尔伦都曾在该派中活动。该派最早在 1866 年就曾出版过诗合集。——译者注

❷　蒙德（Monde），为孟戴斯的误笔。孟戴斯（Catulle Mendès, 1841～1909）很早就参加巴纳斯派的活动，有诗集《夜莺》等。——译者注

❸　普吕多姆（Sully Prudhomme, 1839～1907），法国诗人、散文家，1901 年获得第一届诺贝尔文学奖，诗集有《命运》《正义》《幸福》等。——译者注

任何杰作；他们自我局限在同一种十四行诗的老调重弹中，千篇一律，他们的学生迷失在贫弱的状态中。

我希望你们注意，这不是那种不幸事件，偶然发生在一群诗人身上。对于巴纳斯派来说，这种阻碍标志着法国诗歌一种形式的死亡，同时，一种新的形式得以诞生，且极为富饶多产。伴随着这种新形式在1880年确然到来，一帮诗人露出面容，法国诗史上，任何一个时代的诗人都无法和他们相提并论。

新技巧是由卡恩最先明确提出的。它否定把数量固定的音节看作诗律的基础。诗行的长度长长短短，随着诗人所用的形象而持续变动；它依附着他思想的曲线，它是自由的，而非规则的。打一个粗糙的比方，它是订做的衣服，而不是预先做好的衣服。这是一种非常直白的说法，我这里主要关注的，不是法国诗，而是英国诗。我所主张的诗体并不和自由诗一模一样，我只是用法国诗来作例子，说明诗体的解放能给诗歌活动带来非同寻常的影响。

古人深谙世界迁变和无常之理，有一种古希腊理论，是说整个世界都是一种流变过程。但当他们认识到它的时候，他们恐惧它，竭力躲避它，力求建造永恒之物，让他们在吓人的世界大流变中岿然不动。他们对不朽怀有心病，怀有热情。他们想建造引以为荣的事物，吹嘘他们，即人类，是不朽的。我们在千百种不同的形式中看到这一点。在物质上是金字塔，在精神上是宗教教义以及柏拉图实体化的思想。他们生活在一个动态的世界中，希望创造一个静止的船锚，灵魂可以住止其上。

我认为这解释了诗歌上的许多旧观念。它们希想寥寥数行就能蕴含思想的完美。将思想粗略传达给听者有千百种途径，可只有一种是最完美的，它注定能万古长存地体现那种思想，因此就有了诗歌形式的固定不变和严整音律的精细规则。正是不朽的事物和无穷的痛苦，与固定的、人工的形式所表达的思想相契合，这些事物和痛苦也就是必要的了，是可以理解的了。甚至古希腊的名字"ποίημα"，❶ 好像也指一旦

---

❶ ποίημα，古希腊词，大约可译作"诗"（Poem）。——译者注

造出就得以永存的事物，他们信仰绝对的职责，就像他们信仰绝对的真实一样。因而他们将许多事物都写进我们现在不想要的诗体中，如历史和哲学。就像法国哲学家居约❶说过的那样，古代的伟大诗篇像金字塔一样，为永恒而建，那里的人喜欢用象形文字铭刻他们的历史。他们相信他们能达到好思想和词语的契合点，坚不可摧。

现在，现代精神的整个倾向都从那种观念中摆脱开来；哲学家不再信仰绝对真实。我们不再信仰完美，不管是诗体，还是思想，坦率地说，我们认可相对的东西。我们不再力求得到绝对完美的诗歌形式。我们的旨趣不再是细微的语句的完美，而是整体效果的营造；这当然要废除音律和固定数量音节的统治地位，不让它成为用词完美与否的因素。我们不再关注那种问题：诗节应打造、琢磨成宝石。我们要关注这种问题：一些模糊的情调应该传达出来。在所有的艺术中，我们寻求个性的、个人的表达的极致，而非得到任何绝对的美。

肯定有人提出批评，这种新精神发现自己不能用旧音律来表达了，但什么是这种新精神？诗人现在想说的话，是否与以前的诗人想说的处处不同？我认为是这样。旧诗处理的主要是大事，史诗主题的表现自然会走向结构问题和格律诗。行动在格律中能得到最佳的表现，如歌谣体。

但是现代诗正好相反，它不再处理英雄行动，它明显最终变成内省的诗，它处理的东西是表现和传达诗人头脑中瞬间浮现的语句。切斯特顿❷把它形容得很好：旧的处理的是特洛伊围城，新的却试图表达渔童的情感。你经常听到的观点，可能一位新诗人将会来临，他可能把整个现代运动综合成一部伟大的史诗。这种观点完全误解了现代诗的倾向。绘画中的变化与此相似，旧的绘画费心讲一个故事，而现代绘画想凝固一种印象。我们仍旧感受着事物的神奇，却以完全不同的方式感受

---

❶　居约（Jean - Marie Guyau, 1854 ~ 1888），法国哲学家和诗人，代表作有《对于无义务无约束的道德的探究》。

❷　切斯特顿（G. K. Chesterton, 1874 ~ 1936），英国批评家、诗人、小说家，中译本著作有《回到正统》《异教徒》。——译者注

它——不再直接采用行动的形式，而是将它作为一种印象，如惠斯勒❶
的画。我们不能摆脱我们这个时代的精神。在印象主义这样的绘画中得
以表现的东西，不久就会在自由诗（free verse）这样的诗中得以表现。
午夜伦敦的街景，加上一排排的路灯，几次引人想去在诗中重造它，然
而战争创造不出任何值得提及的东西，因为沃森先生❷是一位政治演讲
家，而非是一位诗人。就我个人而言，我第一次感觉到（现代）诗体的
必要或者无法避免，源于我想重造独特的感受，这是西部加拿大的原始
草原地方平坦、视野广阔所引发出的。

　　你们看，这与抒情诗的冲动在根本上是不同的。我一直认为抒情诗
的冲动在丁尼生、雪莱和济慈那里，已经获得圆满。将现代诗歌精神的
观念，将这种试验性的、半带羞涩的看待事物的方式，置入格律诗之
中，就像给小孩套上盔甲一样。

　　假如诗人为某片风景所打动，他就从中选出某些形象，在不同的诗
行中将它们并置在一起，用以暗示或者引发他所感受的状态。在不同的
诗行中，将独特的形象堆叠、并置起来，对于这种行为，人们能在音乐
中发现类似的奇特现象。当两维运动的和声代替了单维的音乐旋律时，
音乐中发生了很大的革命。两种视觉形象构成了可称作视觉和弦的东
西。它们结合在一起，传达出与二者都不相同的一个形象。

　　从这种极端的现代主义立场出发，当前诗体的主要特征是什么呢?
是这样：它是读的诗，而非吟唱的诗。对于在本质上将诗体解释成仅仅
是词语的绕口令的理论，我们全都可以摒弃它们。因而我们就有了两种
不同的艺术：一种要吟唱，另一种要在书房里读。我希望对我作批评要
记住这一点。我不是在谈全部的诗，而是在谈这种独特的新艺术，它逐
渐脱离开旧艺术，独立起来。

　　我完全承认，要吟唱的诗必须要用规则的音律来写，但是我认为这
种在不同诗行中，通过视觉形象记录印象的方法，并不需要旧的音律

---

❶　惠斯勒（James Abbott McNeill Whistler, 1834～1903），美国画家，后寓居英国，主张
为艺术而艺术，绘画喜欢自然材料，与印象主义画家相近。——译者注
❷　沃森（William Watson, 1858～1935），英国政治诗人。——译者注

体系。

较旧的艺术最初是宗教经咒，创造它的目的是印象深刻地表达神谕和箴言，押韵和音律是用来补助记忆。但对于这种新诗，我们为什么还要遵守仅仅适用于旧诗的方法？

节奏的效果，就像音乐，是用来创造一种催眠的效果。在此期间，悲喜之情的触发就容易生效，效果也强，就像我们喝醉时所有的笑话都好笑一样。这种作用是用于吟唱的艺术，但是新的视觉艺术的做法完全相反。它的效果并不建立在创造的半睡半醒的作用上，而是建立在抓住人的注意力上，以至于连续的视觉形象会让人筋疲力尽。

对于这种印象主义的诗歌来说，传统的音律是束缚人的、刺耳的、无意义的，也是不合时宜的。它将雕饰之诗笨重的、粗糙的模式，掺入形象和色彩的精细模式之中。它的破坏效果，就像手摇风琴闯进现代交响乐微妙交织的和声中一样。印象主义诗歌是一种精细的、艰难的艺术，它唤起一种形象，让节奏与思想配合起来。人们容易依赖让人感到舒服的、方便的、旧的、规则的音律的怀抱，它给我们省掉所有麻烦。

当你废除音节规则的诗行，不让它作为诗歌的单元，你就将这种诗变成散文，这肯定会激起批评。当然，对于为数众多的现代诗而言，这完全正确。其实，废除规则的音律的一大好处是，它会马上将这种伪诗暴露无遗。

作为抽象物的诗完全是另外一回事，它有自己的生命，与作为惯例的音律毫无瓜葛。

不用规则的音律写诗是否可行？想测试这个问题，我建议要找出两种诗的一个重大差别。让任何人都异口同声地说："这是或者不是一首真正的诗"，我无法给出这样绝对可靠的测试，但这对于本研究的目的而言已经足够。这个重大差别是：大致说来，诗有两种传达的方法，一种是直接的语言，一种是习惯的语言。直接的语言是诗，它直接是因为它处理形象。间接的语言是散文，因为它使用已死的、成为修辞的形象。

两种语言的差别，大致说来：一种用图景一直抓住你的心，而另一种则让头脑尽可能轻松地回到结论那里。

　　散文归因于大脑的机能，该机能有点像身体中的条件反射。如果每次系鞋带时，我都必须经历一种复杂的精神过程，它就会浪费我的精力；但身体的机制并不这样，它安排得很好，以至于人们可以几乎不假思索地来做。这是一种省力的方式。相同的过程也发生在散文所用的形象上。比如，当我说山被树林包裹着（hill was clad with trees），它仅仅给我传达一个现象，即山是被覆盖的。但当这个用法第一次被诗人所使用时，这对他来说是一个形象，令他想起被衣服裹着的人这一清晰的视觉比喻；但这个形象已经陈腐。人们可以说，形象是诞生在诗歌中的。它们被使用在散文中，最后在报刊英文漫长的、弥留的状态中死掉。现在这个过程非常快了，因而诗人必须不断地创造新的形象；他的真诚与否，可以通过他新的形象的数量来衡量。

　　有时读诗时，有人会意识到有裂缝，诗人没有获得灵感，他仅使用修辞的音律。发生的是这种情况：诗人没有找到形象，他采用的是一个死的形象；那是散文，只不过因为使用音律而保持了效力。这就是我反对音律的原因，它使人们在没有诗歌灵感的情况下来写诗（verse），这些人的头脑里没有贮存新的形象。

　　我将举出现今最为流行的诗，作为这种情况的例子。虽然只有四行，但它长达六个音步。它张贴在娱乐馆音乐厅（Pavilion Music – hall）外面。对这些陈词滥调或者口头禅，我们出于本能而气得发抖。内因在这里：并不是它们很古老，而是因为古老，它们变得陈腐了，因而生发不出形象。写这些东西的人不是诗人，他本身没有清楚地看到任何东西，只是模仿其他诗人的形象。

　　这种新诗（new verse）像雕塑，而非音乐；它诉诸眼睛，而非耳朵。它必须要将形象这种精神上的陶土，烧铸成确定的形式。这种材料，这种亚里士多德的"ΰλη"（质料），是形象而非声音。它建成一座造型的形象，交给读者，而旧艺术竭力通过节奏的催眠效果，从身体上影响读者。

　　可以这样总结：蛋壳在蛋一生的某个时期中，是极合适的遮蔽，对后期却极为不利。在我看来，这非常好地说出了当今诗体的状态。蛋壳还是那个蛋壳，内在的特性却完全改变了。不像悲观主义者要说的那样，它没有变坏，而是变活了；它从古老的吟诵艺术，变成现代的印象主义，但诗歌的机理一成不变。它无法继续这样下去。女士们，先生们，我的结论是：必须要啄破蛋壳。

（感谢傅浩师校读全文）

"不要嘲笑十四行诗" *

——给《新时代》的编者

F. S. 弗林特

我不认为因于蒂纳小姐的风趣，该让这个问题模糊不清。我不会冒昧地给她提建议；如果她有任何值得一听的话要说，她就会受到注意，而不论她采用或者创造何种形式。

我注意到两个现象：

（1）当节奏自由的时候，一种更加自发的、纯粹的诗就产生出来；就像在建筑雕塑中，葡萄藤自由时要比有用时（对我来说）更加美丽一样。（规则诗节的写作，从它本身上看，就跟一个灵巧的把戏差不多，如果做得好，也会像杂技一样受人尊敬。我并不否认天才曾使用过规则的诗节，而且用它们创作出伟大的诗篇。一种形式上的成就可能是不容磨灭的，然而形式本身是个荒唐之物）

（2）所有我知道的使用自由诗体形式的人，都写过十四行诗和三诗节的诗，我认为，这是因为一些旧情调在呼唤这些形式。更微妙的情绪需要更自由的形式。

如果一位诗人写诗像《云雀》或《希腊古瓮颂》一样好，我希望我能承认他的诗，不管它是怎样表现的。《吕西达斯》是用自由诗（free verse）写就的。

---

* F. S. 弗林特（Flint, 1885~1960），英国自由诗理论先驱之一，意象主义诗人，对法国自由诗理论的介绍用力甚巨。这篇文章发表在 1910 年 1 月 20 日的《新时代》上。同年 1 月 13 日的《新时代》上，有一封读者来信，作者蒂纳批评弗林特的自由诗诗体观念，弗林特在这封信中给予回应。——译者注

自由诗在英国

理查德·奥尔丁顿*

我们必须抛弃"自由诗"（vers libre）这个术语，即使在法国，它也丧失了它所有的意义。有人建议应该使用"非押韵的调子诗"（poem in unrhymed cadence），但"free verse"更英语化，更明白一些。

因为艺术家必须要自由，这高于一切——心智上要自由，生活中要自由，艺术上也要自由。说艺术家应该自由，不是说他应该没有标准地乱来，它指的是他要创造他自己的标准。

艺术有一个常态，它在内容和表达上不断变得陈旧；这归咎于大众的影响，大众憎恶思考。因此大众反对原创性，反对未曾听闻的原则，反对技巧的创新。艺术家必须不断地反抗这种专制；贪婪的俗人们背叛了他，他们更看重自己所得的回报，而非他们艺术的纯粹性。而且——这是个公理，所有曾经对的会变成错的，所有曾经错的会变成对的——艺术家要否定、反驳先人树立的原则，以守护先人伟大的、公共的自由原则。

就像存在古老的专制一样，也存在新奇的专制。成为一个陈腐的漩涡主义者❶就像成为一个陈腐的老雕虫一样愚蠢、可厌。艺术中重要的事情是个性。当两个人在某些观点上有共识时，他们会争吵不休；当十个人有共识时，他们能改变那个世纪的艺术史。（艺术就像生活一样，其中最稀缺的是个性）

在思考英国的自由诗问题时，幸亏把这些明显的艺术自由的原则记在脑海里。自由诗能容易地变成像学院派诗那样的陈词滥调。现在，它大多被人视做无病呻吟，无法原谅；我请求给它比学院派诗相同的或者

---

* 理查德·奥尔丁顿（Richard Aldington），英国意象主义诗人、理论家。该文发表于1914年9月15日的《自我主义者》。——译者注

❶ 漩涡主义者，这里指的是庞德、刘易斯等人，他们在1914年发动漩涡主义艺术和诗歌运动。漩涡主义在风格上崇尚抽象。——译者注

更多的关注，因为使用它现在是个性的标志。

没有理由认为这个话题对于外行来说太过深奥或者太过专业。它不得不首先被生活中的主业是诗的人讨论；但是现在大幕应该被拉开了，没有什么神秘的。

那么，新的自由诗和旧的押韵的重音诗区别在哪里呢？很显然，区别不是报刊记者平庸的、白痴的评论，即自由诗仅仅是长短分割不同的散文。说这话的人没有诗歌的耳朵，他不能区别艺术家所写的自由诗和业余诗人的仿造品。自由诗和安排重音的诗的根本区别是：旧的重音诗强迫诗人放弃他的部分个性、大半的精确性和全部的风格，以便将他的情感硬塞进某些预制的、幼稚的规矩中；自由诗接受诗人全部的个性，因为他创造自己的调子，而不是重复别人的。它接受他全部的精确性，因为他的调子自由流淌时，他往往写得自然，因而就有了精确性；它允许他全部的风格，因为风格存在于凝练和精确之中，旧的形式极少能做到凝练和精确。

这种自由诗不是散文。它的调子更快，更富特征，它的"节奏常量"（rhythmic constant）更短，更有规则。它在频率上比最好的散文大约高（也应该高）5 倍，在情感强度上大约高 6 倍。优秀的散文庄严地将你驮到完美之处，像大象一样有目的的前进，而优秀的诗载着你，像以利亚（以色利人的先知）的马车或者一辆赛车。

微妙的英语诗人被中世纪的诗律妨碍了。最优秀的古希腊诗人——阿尔克曼、萨福、阿尔凯奥斯、伊壁库斯、阿娜克来翁，以及雅典戏剧家的合唱抒情诗——采用的是一种自由诗，这可能是我们所拥有的最微妙的诗。我知道德国的教授费力地将这种诗的节奏分析出来。我将他们的分析与某些英语自由诗的调子进行过比较，如果有什么区别的话，英语诗更为规则一些。拉丁自由诗的传统在多半个中世纪时期都存在——《效仿》（*Imitatio*）❶ 前两卷就是最后的范例。

复杂的重音音律是普罗旺斯人创造的，一般来说，他们没有什么可

---

❶ 《效仿》，格劳特·格拉尔德（Gerard Groote, 1340～1384）的作品。——译者注

说的，说的也很差。因而他们需要外在的精工。因而造成可悲的后果，他们对英国产生了影响。

因而你会发现即使诗神莎士比亚也写作（因为押韵和凑律的缘故）像这样的诗：

to her let us garlands bring
让我们把花环献给她

还有：

To this troop come thou not near
你不接近这支军队

还有：

Even to thy pure and most loving breast. . .
甚至对你极纯洁的、极温存的心胸……

以及（并非是为了增加例子）本·琼生的胡言乱语：

But might I of Jove's nectar sup
让我能品尝朱庇特的美酒

还有斯温伯恩（他想成为古希腊诗人）：

But me the hot and hungry days devour
但是酷热的、饥饿的日子吞没了我

这些语句，没人想将它们收进任何得体的散文中；如果诗歌是更高的艺术，为什么容许它们进入诗中呢？我认为在我们著名的诗歌作者中，弥尔顿、雪莱和丁尼生的风格很差，因为他们不断地使用最漂亮的或者尽可能多的多音节词，而不是使用精确的词；他们写下空中楼阁的句子，他们采用模糊的细节以及更为模糊的笼统的话（历书中常常引用这样的话），还采用文饰的语句——随便哪个笨蛋也会——而非记下真实的观察，表达精确的情感。他们是彻头彻尾的老雕虫。

弥尔顿这样写道（我凭记忆来引用）：

. . . Him the Almighty power
Hurled headlong flaming from th' aetherial skies
With hideous ruin and combustion down
To bottomless perdition. . .
……万能的主
迅速地抛下烈焰，具有巨大的毁灭和焚毁
从缥缈的天空
直到无底的浩劫……❶

现在来鉴鉴宝。"万能的主等"，根本就不是英语——这是想把希腊的结构移植到我们这种非屈折语上来。"缥缈的天空"很好，好极了；"掩面的王后"亦然。然后异想天开地用了一个词"焚毁"，一个模糊的定语；"具有巨大的毁灭"，是一个错误的说法。"直到无底的浩劫"，整首诗的要点在于浩劫有一个底，天使们落入其中；另一方面，如果弥尔顿的意思是"无尽的惩罚"，他应该说出他的意思，而不应使用一个宽泛的形容词"无底的"，它仅适用于柯勒乔（Corregio）的天使！注意，我不是说弥尔顿如果使用自由诗，它就会更优秀一些；而是说如果他这样做了，凝练的要求会触动他，由此就带来精确的绝对重要性，因

---

❶ 见弥尔顿《失乐园》第一卷第44～47行。引文与原文在字词上略有不同。——译者注

而——谁知道呢——他可能会发现诗歌风格？

雪莱——每个年轻的诗人都会尽力忘掉他的诗———定要说"一棵含羞草花园中生长着"（a sensitive plan in a garden grew），而不说"一棵含羞草在花园中生长"（a sensitive plan grew in a garden），这才是自然的说法。

我不想说这些人——包括丁尼生——没有写出诗、没有写出微妙的诗。我力求在某种程度上破坏他们的声名，我将他们名誉不太好的坏作品指出来，以便尝试（也让大家来这样做）理性地、批判地思考这些诗人和现代诗人，而不是盲目地、非批判地崇拜功成名就的人，又同样盲目地、非批判地嘲笑新的、无名的诗人。你可以指责我从千百首好诗中挑选几句坏诗。好吧，让指责我的人把他的诗人们搬下来（无疑布满灰尘），用我上面列举的原则仔细地鉴照一番，他会发现这些诗人极度缺少那些原则。我把莎士比亚拉到我这边，因为他写的是直接的、清晰的、口头说的英语——我指的是他的抒情诗——他几乎一直使用精确的词（the mot juste），他的诗有个人的调子，他有一个自然的、灵活的视野。莎士比亚写下《来这黄色的沙子上》和《走开，死亡》以及其他十来首完美的小曲。这就是为什么他是我们最伟大的抒情诗人。其他人的成就只是一枝半叶的。

就本质来看，今天的诗歌无法像莎士比亚的抒情诗那样轻盈、更像歌曲，因为我们的生活不这样轻盈，不这样像歌曲了。但是我们今天的一些诗人，已经创造出一种文体，它是这个时代的表现；他们已经创造出一种诗，有着莎士比亚的凝练，却避免了他偶然出现的陈旧的调子。而且，它具有非同寻常的个人性——这是艺术家使用自由诗的结果。这些新诗写出来，没有哪个优秀的散文家愿意拒绝它；它们比最优秀的散文更加凝练，情感强度更高。因而，它们有着最优秀的散文的优点以及别的优点，即它们的情感强度和凝练性。我认为这是优秀的散文和优秀的诗的区别。优秀的散文以完整性为旨归，它给你大量无关的、往往无聊的细节描写，以便获得某种效果；优秀的诗能在更大的强度上带来这种效果，它选择精要的部分，把它们生动地、精确地传达出来。优秀的诗比优秀的散文更加难写。

以这首自由诗当例子吧：

Gods of the sea；

Ino，

Leaving warm meads

For the green，grey – green fastnesses

Of the great deeps；

And Palemon，

Bright striker of sea – shaft，

Hear me.

　　——（H. D.）

海洋之神

伊诺

离开温暖的草场

走向绿色的、青灰色的堡垒

深不可测；

而帕列蒙

拿着幡旆的侍从

倾听着我。

　　——（H. D.）

（我选择这一首，因为它不是表面上现代）除了使用"草场"这个词外，这句诗在风格上是完美的。它的定语和结构都精确，正是我们在优秀的散文中看到的；它还有更高的情感强度和凝练性，有古怪而迅速变化的调子。

我再举另一个例子，是我这一群之外的人的：

Transposition

I am blown like a leaf

Hithe and thither.

The city about me

Resolves itself into sound of many voices,

Rustling and fluttering,

Leaves shaken by the breeze.

A million forces ignore me, I know not why,

I amdrunken with it all.

Suddenly I feel an immense will

Stored up hitherto and unconscious till this instant,

Protecting my body

Across a street, in the face of all its traffic...

——John Gould Fletcher ❶

换位

我飘飘荡荡，像一片叶子

四处乱飞。

周围的城市

分解成各种各样的声音，

树叶被风摇动着

沙沙作响，扇着翅膀。

---

❶　此处选取的弗莱彻的诗，在排版上与《意象主义诗人们》1915 年版不同，依《意象主义诗人们》的格式重排。——译者注

百万种力量都忽视我，但不知为什么，
我完全陶醉其中。
突然我生起一个强烈的念头，
它直到这刻之前还埋藏着，意识不到。
我挺身而出
穿过街道，不顾一切的车水马龙。

——约翰·古尔德·弗莱彻

　　诗中唯一的错误在于这个语句："不知为什么"——虽然这甚至也是可以商讨的。不管你喜不喜欢这种诗，很明显，它的风格——除了它的内容外——让它比今天的传统诗更容易读，读得更有趣。这可能就是我对自由诗最终的观点——一个个人的观点，即在大多数情况下，我发现它比现代英文文学的任何形式都更有趣、更能激发人、更具原创性。

自由诗的形式*

爱德华·斯托勒

　　自由诗不再是个试验，甚至不再是个新运动。几乎每个现代诗人都使用它，要么是专门使用，要么是与它的补充物即格律诗交相使用。因为它的用途已被接受。它已成为一种公认的文学表达媒介。同时人们也发现对它以及它的局限的某种不满足感。我们用它是因为我们必须要用它，因为它比传统音律更真实，因为它拥有一个活着的节奏，而不是传统音律肤浅的节奏，而且因为它受比散文更加强烈的节奏情绪的指引。

　　想表达现代生活中的现实的诗人——我在严格限制的意义上使用这个词，它的相反面说的是诗性——会在实践中发现，他的文学表达局限于散文和自由诗这两种媒介。这里面有一个迫切的原因，我后面将会探查。许多批评家认为，节奏散文（rhythmical prose）和自由诗没有真正的差别。绝对的差别可能没有，但肯定有程度上的差别。我们必须要假定，所有的写作都有某种节奏拍子，不管它是怎样随意或者笨拙；当语言升至更高的象征性情感强度时，它也迈向更明显的、更富形式性的节奏，同时也迈向一个更简单的节奏，节拍随着一定长度的诗行或句子的变化也较小。

　　我们在自由诗中找到这种内在的节奏，这种节奏在个性较弱的散文形式中存在，而在以前的传统中，它更大程度地显现出来。当它从散文松弛的、不稳定的节奏向前发展时，就积聚力量，酝酿形式，它往往强令耳朵以及内在的听觉接纳自己，也往往要求诗行长度。这就是自由诗批评家说得很粗略的"将散文切割成诗行"。其实，事情根本不是这样的。如果有任何这样的分割法，那也是诗行自身本能冲动的结果，诗行内在的生命力要求这样的安排。而且，将如此微妙而神秘的过程，说成

---

　　*《自由诗的形式》刊登在 1916 年 3 月的《新共和》周刊上。斯托勒（Edward Storer，1880～1944），英国诗人，很早就参与诗人俱乐部的活动。他实验日本诗歌的技巧，是形象诗派成员。——译者注

是"分割"，这是种粗野的主张，在报刊文化的时代是可以预料到的。"分割"是误导，它显然暗示出客观性。诗行分出长短，不如说是根据几乎无意识的眼与耳的结合活动，是诗歌主导着的冲动硬让它成为诗行。

这种冲动真正所渴求的，但又无力获得的，是一个规则的节奏满足感，用来表达自己。自由诗是题材和灵感上讲究真实的诗体，它没有成功地得到一个确定的形式。它是不能采用最方便、最终形式的文学表达方式。这归结于许多原因：纯粹感觉冲动的混乱（这是诗人的鉴赏力和思想深度造成的）、肤浅诗歌观念的余响（这种观念实际上满足于旧有的传统形式，要命的肤浅诗仍旧用这种形式写作）、缺乏信念信仰或者其他形式的力量、个人冲动受到约束人的（法国）自由诗观念的阻碍（该观念将自己看作最终的、神圣的诗体）。这样一种态度（它很常见），每次都会引发感官和诗性上的瘫痪症：诗歌获得了充足力量，使它超越自由诗，发展成固定的诗体。

现在我们来谈这种固定诗或者格律诗的严重问题，毕竟世界上几乎所有伟大的诗篇都用这种诗体写就。现在人们能否不使用它呢？作为一种规则，没有什么比它更容易的了，也没有什么比它更致命的了。大多数诗人韵士不使用任何其他诗体。有它在手，他们就会造出令人敬佩的客厅之诗、引人欢喜的浅俗之作，他们以此来取悦自己和友人。但是他们的诗与实际生活的关系微乎其微，甚至当情绪和想象上的灵感尽可能直接地来自于那种生活时，也是如此。他们将这些散发芬芳的心潮倒进古色古香的器皿中，它们所有的生命和特性都将丧失。

为什么采用规则的传统音律（如十四行体、英雄体、双行体的体系），不可能或者几乎不可能写作真正的现代诗（这种诗不会传达感伤或者浅俗的情感）？对于这个问题，我从没有在哪儿看到过仔细的调查。在我看来，这至少取决于这些规则的音律——甚至是音律的全部用途——以前和现在被人接受的方式。产生伟大的古典音律和诗歌形式的力量，在一定程度上是宗教的冲动。宗教和艺术的密切关系以及前者对后者的生成能力，得到人们广泛的承认；这里不需要引用从古希腊人、埃及人、迈锡尼人、凯尔特人的历史拿来的平常例子。文明之初，诗人使用的早期音律形式，总是与那种文化中宗教的某些仪式元素，有紧密的类似关系。

随后，这些形式在完全不考虑产生它们的原始宗教冲动的情况下被拓展开来。但是这些在特征上属于情感、种族和宗教的冲动，或者节拍，滋养了这些已经完成的世俗化的形式和正在生成中的世俗化的形式。举一个英国文学史中一个非常简单的例子：在阅读边塞歌谣时，我们不能不感受到它们的内容和形式与当日最真切的生活是多么接近，引发它们的感触是多么认真，这些情感实际上是多么虔诚！这些作品绝对不是率意而为，也不装腔作势。它们在使用形容词上是朴实的，而形容词是我们当代文化的绝症。

当这些音律形式通过技巧或者技能的崛起，渐渐地变得更复杂更知识化时，它们丧失了一些最初的精神。但是它们并没有经历大变，或者快变。而且，它们完全不与必须要照耀它们的精神力量一起改变、共同进退。当它们丧失创造它们的最初力量时，它们也丧失了它们的意义，或者一部分意义。对于它们的内容而言，它们太过古典，无法再用它们来创作戏剧效果之外的任何东西。在这种情况下，好像作家有义务将他的读者和他自己得心应手的感觉约定一下："现代，我们将用诗来说话。"其实，它无非是使用传统诗节的诗人参加的化妆舞会。

结果是出现了随后的状况。在像英国这样的语言和文化中，或者就此问题在几乎任何欧洲语言和文化中，我们陷入这种境地之中：平常的诗歌形式因为过于远离它们产生的根基，又没有受到任何其他种族或者宗教冲动的滋润，只能用在文绉绉的或者浅俗的写作之中，用在与别的文绉绉的作品相像的作品中，无法用于含有一个或者多个原创的思想的作品中，而这种思想对于当前生活来说是至关重要的。因而这些形式将不能承载任何深刻的、真诚的宗教或者激情上的感受，尽管它们有宗教的起源。因为每一个宗教冲动都寻求它自己的表达形式、它自己的仪式和经典。

现在可以肯定地说，今天所有强烈的感受、有力的思想，在性质上都是个人的，而非公共的，如果除此之外没有别的原因，可以肯定地说，文明现在建基在经济和商业的基础上，而非宗教。我们这个时代的天才，是孤独的自我主义者，他们想成为艺术上的拿破仑，他们认为在现代没有比自己更高的权威，他们决不顺从现代文化或宗教中的权威，他们只听任自己，他们承认的只是古人的高明。这样的人就是我们的瓦格纳和尼采，典型的现代欧洲天才。

结果是，在古代是种族和宗教冲动的原初形式和冲动，现在却成为个人的冲动。在此情况下，诗人用他对自己和自己作品的信仰，来满足自己的宗教冲动——这就给了他作品以形式。由于在宗教观念上持完全怀疑的态度，他就不禁给自己创造自己的宗教，他实际上成为自己的神。所有这些，诚然只是早期种族冲动的另一种呈现方式，但在程度上全然不同。如果一个艺术家心思够细、力量够强、有能力创造他自己的形式，就至少能一时顺利地将这些形式呈现给他同辈和下一辈的人，或者把这些形式交给他们；而这些人是从一个艺术资源上获得他们自己形式的活力，而不是一个宗教资源。然而，因为这种艺术感觉与宗教冲动相去不远，所以在当今世界，艺术成为宗教借以续命的寥寥可数的一种方式。

对于现代诗，我们现在有这些分支：对俗人、纯粹的文人墨客而言，仍然存在旧的文学形式，它们除了严谨的特质还差强人意外，现在毫无价值。它们不会有确定的、原创的思想。但对于任何漂亮的、高雅的、不真诚的或者机巧的表达而言，它们卓越不凡。对于现代真实的表达来说，对于来自我们时代的中心，带着它全部的缺陷和力量、全部的善和恶、全部的知识和全部的精神贫乏的表达来说，存在伟大的无形式性、言说的消融物、语言的多种可能性。

这种自由诗本身什么都不是。任何人的自由诗都是不同的。所有这种诗构成了实现诗歌形式的尝试和失败——这是今天的诗歌形式，它是可能（in posse）存在的诗歌形式；自由诗冲破自己持有的许可证，获得自制的权力。当然，在某种意义上，就可以看到的情况来说，诗体现在将会一直保持自由，但这里又含有程度上的差别。它是问题的实质所在。

对自由诗的理性解释*

约翰·古尔德·弗莱彻

对于自由诗这种复杂的现象，这个世界需要一个理性的解释。自从意象主义诗人大约在五年前走上舞台（他们随之讨论调子以及他们自由试验各种形式的旨趣），人们已经写下为数众多的文章来支持或者反对自由诗，有很多英国和美国的作者——好的，坏的，或者无所谓好坏的——显示出从格律诗的旧形式中解放出来的趋向。但没有人试图清楚、简洁地解释"自由诗"是什么，以便让普通人也能了解它。

在美国，坚守这个阵地的最新理论，只是让困惑变得更深了。这是维廉·莫里森·帕特森教授❶的理论，他现在是自由诗的后盾，在这一点上并不逊色于埃米·洛厄尔女士。洛厄尔女士较早的理论，即诗节本身是一个完整的圆环，有的进行得快，有的根据意愿进行得慢，它对于外行来说可能相当困难；但是帕特森博士的新理论还要难些。他告诉我们，诗体至少包括六种形式：格律诗、整体诗（unitary verse）、分行散文（spaced prose）、复调散文（polyphonic prose）、拼贴（mosaics）和混合（blends）。未来，大众显然必须要对着留声机念一念他们喜欢的每一首诗，以便弄清楚它是哪种诗体。当他们测试、记录好它的时间间隔、切分音以及诸如此类的东西，他们就能用上面的某个标签来给它归类。这种想法倒别出心裁，但是我们想知道，是否有人愿意在这繁忙的日子里耗费这么多时间。

因而让我们离开这种实验室的氛围，试着弄清楚当诗人谈论自由诗的时候，他们指的是什么。第一个要注意的要点，从逻辑上看，并没有

---

* 《对自由诗的理性解释》刊登在 1919 年 1 月《刻度盘》杂志。弗莱彻（John Gould Fletcher, 1886～1950），美国意象主义诗人，后来加入美国逃亡者诗人中，曾获得普利策诗歌奖。——译者注

❶ 帕特森（William Morrison Patterson），美国学者，1880 年生，卒年不详。帕特森曾于 1916 年出版《散文的节奏》，随后得到洛厄尔的响应。——译者注

绝对自由的诗体，这与不可能有绝对自由的散文相同。一个诗体（verse）必须具有某种形式和节奏，而且这种形式和节奏对眼睛和耳朵二者来说，必须比散文的形式和节奏更圆转，更强烈，更明显。举一个与此相应的音乐的例子。莫扎特的咏叹调可能有两个或三个不同的旋律，但是它们结合在一起，重复着、修饰着，最终汇聚起来，此时咏叹调本身成为一个与众不同的独立整体。另一方面，从瓦格纳的《指环》（《尼伯龙根的指环》）抽出的任何一个长的片段，都会揭示这种事实，即这里除了一系列相互联系的乐段，别无他物——我们可以称其为主题（motives）——它们在不停地变换。莫扎特的方法，因而是诗人的方法，瓦格纳的是散文作家的方法。

规定好这个重要的区别，我们随后可以问自己这个问题：为什么诗人要提自由诗呢？如果从逻辑上看，没有诗体是自由的——除了诗在没有形式、没有节奏、没有匀称的情况下写出来，但这是不可能的——那么，为什么要对不存在的东西烦恼呢？顺便说一下，同样的争论，大约一年前就出现在英文杂志上，而我正好是唯一一个回应它的人。我的回应是，自由诗的重要性在于它允许诗体获得相对的自由，而不是绝对的自由。它让诗人自我建造形式的能力有发挥的空间，不用陈旧的形式（如十四行诗）来妨碍他。它允许诗人随意改变节奏，只要基本的节奏还保存下来。

举例说明。下面是一首短的自由诗，它的结构相对简单。我将重音标示在诗行上面，以便说明它们是如何起作用的：

I have fléd awáy into déserts,

I have hídden mysélf from yóu,

Ló, you álways át my síde!

I' cannot shákemyself frée.

Iń the frósty evéning

Wíth your cóld eyes you sit wátching,

Láughing, húngering still for mé；

I will ópen my heárt and gíve you

Áll of my blóod, at lást.

我已经逃到沙漠里面，

我已经躲着你，

看，你一直在我身边！

我无法解脱自己。

在结霜的夜晚

你用寒冷的眼睛看着我，

朝我笑，仍旧念着我；

我将打开心扉，最后

给你我全部的生命。

　　这首诗首先要注意的，是每行严格地有相同数量的拍子——三个。❶
拍子间的音节数量是变化的——因而拍子的产生也不同，有时是轻重
律，有时是重重律，有时是轻轻重律，诸如此类——但是一致性（即拍
子的数量要一直等同）这个首要原则坚持不变。

　　现在分开来谈每一行。第一行相对简单，它给这首诗带来主要的拍
子。第二行重复了它，但略有变化，倒数第二行又加以重复：

I have fléd awáy into déserts,

I have hídden mysélf from yóu……

I will ópen my heárt and gíve you.

我已经逃到沙漠里面，

我已经躲着你……

我将打开心扉。

---

　　❶　注意第三行诗中出现了四个重音，而非三个。这其实与弗莱彻的拍子的一致性相矛
盾，但并不妨碍弗莱彻整体层面的理论建构。——译者注

这些诗行带来的效果几乎相同；由此，我们展现了一致性的第二原则——基本节奏的原则。

有人可能会问，剩下的诗行要怎样建造？从第三行至第八行以及最后一行，诗行构造上有重重律和重轻轻的节奏群，这跟别的轻重律和轻轻重律诗行一样明显。这不会破坏你谈了那么多的一致性？

根本不会。第二个节奏群恰好让我们触及自由诗最为重要的法则——对待的原则（the law of balanced contrast）。不同音律起源的诗行用在自由诗中，正如贝多芬或者莫扎特交响乐中的第一主题和第二主题一样。让我们检验一下。

最早宣告诗歌第二主题出现的诗行，是下面的：

Ló, you álways át my síde!
看，你一直在我身边！

这个诗行与宣告第一主题出现的诗行完全相反，不仅在音律形式上相反，而且在情调上也是这样：

I have fléd awáy into déserts,
我已经逃到沙漠里面，

这两行诗共同构成这首诗的核心，剩下的诗行是它们的变化、增广、修饰。如：

Lo, you always at my side!
Laughing, hungering still for me;
看，你一直在我身边！
朝我笑，仍旧念着我；

　　这两行诗被中间的四行诗相互隔开，● 难道它们不是音律模式完全相同的诗行？难道相同的主题（中间的诗行稍有不同）没有在"我无法解脱自己"里重复？而"在结霜的夜晚"里难道没有一个不同的结尾，"给你我全部的生命"不也是这样？

　　如果我这样写：

In the frosty evening
All of my blood at last
Sorrowing and grieving
For the vanished past.
结霜的夜晚
我全部的生命最终
为消逝的过去
而忧愁、悲伤。

　　无疑，我就会写出打油诗来，但我做了音律学家要求诗人做的事情——我维护了重音产生的规律性，他们把这看作诗歌所必需的。因而，谁能说（就像有些人说过的那样）自由诗没有音律的一致性，没有诗歌所依赖的规律性呢？Ars est celare artem（艺术就是要掩藏艺术）。我们不能根据节拍器来测量诗歌，更不能像帕特森博士想让我们做的那样，用留声机来给它分类。

　　还有一个诗行需要考察，这是：

　　　With your cóld eyes you sit wátching,
　　　你用寒冷的眼睛看着我，

　　我给上面这行诗标了三个重音，很明显，这种读法对某些人来说是

---

　　❶　其实它们中间只相隔三行诗。——译者注

不舒服的。一个长音节本身没有重音，但是因为语调强调了它，它就获得了一个稍轻的重音，"with"（用）就是这种现象。"cold"（寒冷）可能也同样如此。这让人想起《麦克白》中的一句名诗：

> Tóad that únder cold stóne
> 冰冷石头下的蟾蜍❶

"eyes"（眼睛）也可能有重音，就像刚刚引用的诗行中的"stones"（石头）一样。因而我们就有了下面的诗行：

> Wíth your cóld eyés you sit wátching,
> 你用寒冷的眼睛看着我，

这个读法带给我们四个拍子——或者三个半拍子，如果我们认识到"with"（用）上的重音，不如"cold"（寒冷）或者"eye"（眼睛）或者"watching"（看）上的重音那样重要的话——这种读法可能大多数读者会更加满意。

　　重要的是，我们要知道这行诗在某种意义上，是一个挂留的诗行（suspended line），❷它同时具有第一组（由第一、二行和倒数第二行构成）和第二组（由剩余的诗行构成）的某些特征。它与倒数第二行有特别的联系：

> I will open my heart and give you

---

❶　该诗选自莎士比亚的《麦克白》，为第四幕第一场中的对白。——译者注

❷　挂留（suspended）是和声学中的术语，它指一个正常的和弦中的一个音符延续到新的和弦中来——这随即能产生不和谐的效果。如 CEG 的大三和弦，如果 C 被挂留下来，可能与新的和弦中的 D 或者 F 音构成不和谐的效果，因为这些音构成的是二度音程或四度音程，而非原来的三度音程。弗莱彻这里的"挂留的诗行"与挂留和弦有类同性，它指一个诗行保留了前面基本的节奏调子（如轻重节奏、轻轻重节奏），但同时含有新的节奏调子（如重轻节奏、重轻轻节奏），因而产生出不和谐的效果。在弗莱彻的例子中，"with you cold eyes"，是新的节奏调子，属于重轻和重重节奏，而"you sit watching"则挂留了前面的节奏调子，即轻轻重节奏。——译者注

　　　我将打开心扉……

不用语词音乐的专家来判断，这一行的运动与下面的是紧密并行的：

　　　With your cold eyes you sit watching,
　　　你用寒冷的眼睛看着我，

因而，这里我们有了在音乐乐句中所称的"解决"❶。这行诗是我们建立起来的语词拱形建筑的拱顶石。它将诗中相反的主题、情调、乐句结合起来，把它们结合成一体。

　　我们因而可以从这种分析中得出下面的规则，它左右着任何一首自由诗的写作：

　　（1）就像格律诗一样，自由诗体的诗篇依赖节奏的一致和均等；但是这种一致不是拍子的平均连续，像节拍器那样，而是音律来源不同的同等拍值诗行的对待。

　　（2）当一首自由诗中的一种音律重复出现，它往往有所变化，就像交响乐中的主题一样。这些变化和细微的不同主要用来代替押韵。押韵因而在大多数情况下是不合时宜的，因为它干扰而非帮助这些细微变化的恰当运用。但是偶尔也有必要用押韵强调某些复杂的变化，或者将诗歌的节奏模式结合起来。

　　（3）挂留和解决是常见的。采用自由诗体来写作的诗人，他不受任何固定的诗节形式的指导，而只受整首诗的指导（假如该诗由一个诗节构成，就像上面的例子一样），或者受每个诗节的指导（如果该诗由多个诗节构成）。在诗节范围内的一致性是他主要的关注点。几乎在所有的诗中都可以发现，诗节由两部分构成：一个起（rise），一个落（return）。

---

　　❶　解决（resolution），和声学术语，当出现不和谐的挂留和弦时，恢复原来的音程关系，即为挂留和弦的解决。弗莱彻这里所说的诗行的解决，是指倒数第二个诗行又重新恢复了原来的轻重、轻轻重节奏。——译者注

（4）每个诗人都会不同地对待这些法则。因为在英语中，诗人可以自由写作两拍子、三拍子、四拍子和五拍子的诗，难易程度相同，因而与法语自由诗相比，英语自由诗必定是一种更复杂、更困难的艺术，而在法语中，许多当前的自由诗仅仅是调整后的亚历山大体。因而根据各人的趣味不同，每个诗人都会略有不同地建造他的诗节。这即是我们说"自由诗"时的意思。

（5）至于"分行的散文""复调散文""拼贴"和"混合"——以及实验性或多或少的其他一切形式（我和其他人已经尝试过了）——它们根本不能也不应该称作诗体。它们与自由诗的区别是：自由诗源自格律诗，源自旧的诗节形式。在自由诗全部的变化中，诗节节奏摆动和动力平衡的这种一致性保存下来。这些其他的形式源自散文，而散文不具有节奏摆动的一致性，它用段落来取代诗节。这些形式可能与真正的自由诗混淆在一起，但事实仍然是这样：它们各自的起源是不同的。自由诗的起点是重复的节奏乐句，而这些其他的形式的起点是散文的句子。

自由诗对散文的影响*

沃尔特·普里查德·伊顿

我看到过这种说法，五六十年前，当丁尼生的《公主》在美国出版时，它是这个国家最畅销的书，帕特莫尔❶的《家里的天使》大约也在此时匿名发行，紧随其后为第二畅销书。这种说法当然表明当时对诗歌的兴趣更为广泛，胜过十年前诗歌的流行程度。但随着梅斯菲尔德❷《永恒的恩惠》、弗罗斯特❸的《波士顿以北》和马斯特斯❹的《匙河集》的出版，"新诗"迎来了诗歌兴趣的回暖，这几乎与"一战"同时发生，这三本诗集毋庸置疑的力量，特别是戏剧性的力量，发挥着击毁人心冷淡的壁垒的作用，这种壁垒是诗歌萎靡精巧之风渐渐在诗人和大众间建立起来的。《匙河集》中肯定没有萎靡精巧之风！

当新诗战胜了冷淡的人心，很快就产生了归附者，即使对于没有归附的来说，它也使过去许多为人赞赏的小诗（如弗郎西斯·汤普森❺的诗）变得驯服起来，变得不自然了。新诗从来没有停止过令读者感到困惑（由于它的形式），或者使它自己从这种困惑中摆脱出来。因为形式简化到至简的地步，困惑的大众就会发问："自由诗（free verse）和散文的区别是什么"。虽然诗人们竭力回答，给了不同的、往往相互矛盾的回应，他们自己似乎也并不清楚。他们那里只有一个信念，即他们不是在写散文。任何同时采

---

* 《自由诗对散文的影响》刊登在 1919 年 10 月《大西洋月刊》。伊顿（Walter Prichard Eaton，1878～1957），美国批评家、作家，著有《戏剧和演员》《演员的遗产》等。——译者注

❶ 帕特莫尔（Coventry Patmore，1823～1896），英国维多利亚时代的诗人、批评家。《家里的天使》是一部叙事诗。——译者注

❷ 梅斯菲尔德（John Masefield，1878～1967），英国桂冠人，诗歌代表作有《永恒的恩惠》和《海恋》。——译者注

❸ 弗罗斯特（Robert Frost，1874～1963），美国现代诗人，深受读者欢迎，曾多次获得普利策奖，江枫译有《弗罗斯特诗选》。——译者注

❹ 马斯特斯（Edgar Lee Masters，1868～1950），美国诗人，1915 年出版的《匙河集》引起了诗界的很大反响。——译者注

❺ 汤普森（Francis Thompson，1859～1907），英国诗人，著名诗篇有《天堂的追逐者》。——译者注

用旧形式和新形式写诗的人会证实，虽然他对于自由诗（vers libre）的技巧规律一头雾水，但毫无疑问，它们在"冲动"上没有根本的差别。当他写诗的时候，他非常确定地意识到这种区别，就好像他进入四音步的轻重律（就像《湖中妖女》）的状态一样。❶

　　然而问题仍然存在，让诗人和大众感到困惑的是，散文经常闯进轻重律中，它也会闯进其他的音律中，只不过不这么经常罢了。威廉·莫里森·帕特森博士在哥伦比亚大学的试验，明显说明男人和女人往往把声音的集合打散，变成节奏，像重音很强的英国语言，尤其会引发节奏的组织。而且，普遍来看，不管乔叟的影响有多大，轻重律或者轻重律五音步不会很自然地成为我们素体诗的节拍。有一天我站在人群中，听到一个男的大声说，"薪水加倍他也不想再拣回老工作干"（He says he wouldn't take his old job back for twice his former wages）。这个男子讲的压根不是说话的散文，他很荒唐；他不带一点感情。然而他创造了近乎完美的轻重律句子，它像一段曲调，或者不如说像鼓点一样吸引了我的耳朵。

　　因而，鉴于一种语言非常容易产生节奏群，如果连续的声音存在一种秩序，读者或听者就一直想寻找这种秩序，那么有意将语言组成"和谐的数目"这种过程，就又诱人，又让人困惑了。长久以来，因为诗体有意与散文区分开（这利用了节拍器的规律性，利用了不断重复的、明确的音律，要么有韵来文饰它，要么没有韵），散文和诗歌这两种形式不会混淆。我们的父辈或者祖父辈对于《公主》就没有疑惑，我们今天对于韦切尔·林赛❷的诗也是这样，举例来说，对于梅斯菲尔德的诗，对于任何坚持旧形式的新诗人的诗都是这样。但是，当新诗不是在规则重复的音律上来加以组织，而是建基在似乎偶然的音律上的时候（英语口语永远要闯进这些音律里面）——即是说，建基在节奏之上——困惑就产生了。

　　将某些有节奏的散文的段落拿来，用自由诗的模式重新将它们组织，然后创造出一些东西，这极其容易，普通的读者就算去分辨，也几乎无法

---

❶ 《湖中妖女》（*The Lady of the Lake*），司各特 1810 年创作。该妖女经常出现在古代英国的传说中，她住在湖中的魔幻城堡里，曾经给过亚瑟王一把神剑。——译者注
❷ 韦切尔·林赛（1879～1931），美国诗人，他的诗重视音乐性。——译者注

与真正的自由诗区别开。

> How beautiful
>
> Upon the mountains
>
> Are the feet
>
> Of him who bringeth good tidings,
>
> Who publishethpeace,
>
> Who saith untoZion,
>
> Thy God reigneth.
>
> *这人的脚*
>
> *在山上*
>
> *多么美啊*
>
> *他报来佳音，*
>
> *他传来平安*
>
> *他对锡安说*
>
> *你的神做主了。*❶

有人可能会主张，这不是散文，而是希伯来人的诗。我只能回答，它被视作英文的散文——非常优秀的一种散文——已有三百多年。然而每一个"诗行"是如此地摆动着它个人的节奏；这些节奏听起来如此优美；第五行和第六行几乎是在重复着节奏的摆动，它们如此地抵达最后的宣言的顶峰。

洛厄尔女士向我们保证，意象主义诗人"H.D."很小心，绝不会让正式的音律进入到他的诗中，尽管其他自由诗的实践者在规则的音律适用时允许用它。让我们将上面那一段话与"H.D."的一段自由诗进行比较：

> Whirl up, sea—
>
> Whirl your pointed pines,

---

❶ 这段文字选自《圣经·以赛亚书》第52章。——译者注

Splash your great pines

On our rocks,

Hurl your green over us,

Cover us with your pools of fir.

翻滚吧，大海——

翻卷你尖锐的松树林，

泼开你巨大的松树林

掀起你的绿色盖过我们，

用你冷杉树的潭水覆盖我们。❶

　　除了《圣经》的选段有一个平稳的旋律，将它局部的节奏连结得更紧，我认为很难从韵律上让普通的读者相信，这些诗属于不同的"诗体"。而且，一种平稳的旋律，将局部的节奏甚至是音律联结起来，达到高潮，这绝不是散文特有的。它是最好的诗固有的，是莎士比亚的对白或者罗赛蒂❷的十四行诗固有的。对十四行诗的一个最高测验是，它美轮美奂的十四个不同的诗行，要能像一条小溪一样流到高潮，不过在前八行和后六行之间要有一潭静水。

Hers is the head

Upon which 'all the ends of the world are come,'

And the eyelids

Are a little weary.

It is a beauty

Wrought out from within upon the flesh,

The deposit,

Little cell by cell,

---

❶　H. D. 的这首诗，选自 1915 年卷《意象主义诗人们》。——译者注

❷　罗塞蒂（Dante Gabriel Rossetti, 1828～1882），英国诗人、画家，唯美主义运动先驱。——译者注

Of strange thoughts,

And fantastic reveries,

And exquisite passions.

Set it for a moment

Beside one of those white Greek goddesses

Or beautiful women of antiquity.

And how they would be troubled

By this beauty,

Into which the soul,

With all its maladies,

Has passed! …

And, as Leda,

Was the mother of Helen ofTroy,

And, as Saint Anne,

The mother of Mary.

这里是头

"世界上的一切极致"汇集在它上面，

两个眼皮

是小小的疲倦。

这是一种由内

在肌肤上造就的美，

是奇怪思想

和奇异的梦想，

以及极度的激情

的沉积物

小小的细胞连着细胞。

将它片刻摆放在

这些雪白的希腊女神旁边

或者古代的美女旁边

由于这种美

她们会多么烦恼。

在这种美里

灵魂以及它所有的痛苦

都烟消云散！……

就像莱达，

特洛伊的海伦的母亲，

就像圣安娜

圣母玛丽的母亲。❶

这段话出自沃特·佩特，他的作品如果不是最富节奏的，也肯定是最有意为之的，甚至当着爱伦·坡的作品也是如此，这段 19 世纪的英文作品，是他名气最大、修饰最多的"华丽段落"的一个部分。然而很奇怪，现在排作自由诗，它苍白、模糊、单调，它是断断续续的。我试着给它不同的分行，但是无法让它有所改观，任何自由诗的安排都无法让最后的四行，摆脱对合律歌曲的危险暗示，而这种歌曲在自由诗里似乎是不合时宜的，不过，在完整的散文的段落中，它仅仅是一段悦耳的细乐。

另一方面，让我们现在把下面的诗排成散文：

Pile the bodies high at Austerlitz and Waterloo, shovel them under and let me work—I am the grass; I cover all. And pile them high at Gettysburg and pile them high at Ypres and Verdun, shovel them under and let me work. Two years, ten years, and passengers ask the conductor: what place is this? Where are we now? I am the grass, let me work.

将尸体高高地堆在奥斯特利茨和滑铁卢，将他们铲到地下，然后让我工作——我是小草；我覆盖一切。将他们高高地堆在葛底斯堡，

---

❶　引文见沃特·佩特的《文艺复兴》，参见麦克米伦出版社 1925 年版，第 125 页。原文散见于文段中，作者在这里将其进行了重新组织。佩特（Walter Pater, 1839～1894），英国唯美主义美学家、散文家。——译者注

将他们高高地堆在伊普尔和凡尔登，将他们铲到地下，然后让我工作。
两年，十年，乘客问售票员，这是什么地方？我们现在在哪儿？我是
小草，让我工作。❶

从最开始的两个例子如果能明显看出来，当它们采用相同的分行方式、
对眼睛有相同的吸引力时，有节奏的散文和自由诗几乎无法区别开，那么
我认为从这后两个较长的例子也能明显看出来（可能乍一看看不出二者的
区别），它们可以有一个显著的差别。如果佩特的那段话排成自由诗时丧失
了效果，而桑德堡先生的"小草"排成散文同样也丧失了效果，我们就很
难接受一些批评家的观点（它甚至是帕特森博士直接所作的暗示），即自由
诗除了在形体构造上，它与有调子的散文（cadenced prose）没有任何区别。

与作为散文作者的我相比，作为一个跌跌撞撞、偶尔从事的自由诗作
者的我，很少关心要找出这种区别是什么。最热心的支持者面对实验室的
实验，面对讲给一般听众的口头的吟诵、简单的常识的证据，他们很难否
认，散文常常进入与自由诗纠缠不清的节奏中（就像在罗斯金❷或者德莱顿
的散文中，节奏甚至闯进有拍子的轻重律中一样）；他也无法否认，当没有
相当高的技巧来处理自由诗时——这时常发生——自由诗常常成为节奏脱
节的散文。这并不一定意味着，真正的自由诗是散文，它可能意味着散文
有时是诗！但是新诗人已经显示出他们善于看管好自己的防线，特别是作
为自由诗倡导者的洛厄尔女士；而且，不可否认，他们的技巧仍然处于实
验阶段。

不过，散文并不是实验性的，两个世纪以来就已经这样了。新诗强加
给散文的这个问题——就我知道的而言，几乎没人思考过它，我们忙碌地
讨论自命不凡的诗歌形式——它几乎是尼采似的，是对它自由的重新评价；

---

❶　这是桑德堡的一首诗《小草》，刊发在 1917 年 3 月《七种艺术》上。诗中的几个地名都曾
经是战场。——译者注

❷　罗斯金（John Ruskin, 1819 ~ 1900），英国维多利亚时代艺术批评家，代表作有《现代画
家》。——译者注

受到一些散文的启发，如纽曼❶的《对大学的想法》，或者佩特的《文艺复兴》，或者辛格❷和邓萨尼❸的戏剧，难怪人们谈论散文的诗的魅力以及它的修辞。华兹华斯选择用音律来创作，佩特选择用散文来创作，他们都同样认同散文发展出节奏的权力和荣耀，他们只把不利于思想传达的枯燥的效果丢弃，他们都同样认同在富有想象力的散文和真正的诗背后，创造力的冲动有广泛的相似性——寻找真实，给作品寻找包裹它的最合适、最优美的衣服。

如果在 19 世纪，散文和诗体的界限非常模糊，如果 20 世纪初《骑马下海的人》❹（不看它的内容、它的材料），比许多用虚伪的莎士比亚音律写作的戏剧似乎更有诗味，我们现在又为何讨论散文和诗体的区别？此时诗体本身采纳了口语不规则的节奏，而且一些诗人和佩特的做法一模一样，他们非常厌恶地打量他们作品中有节拍的音律。这是不是意味着作者从此以后必须将他的散文退化成笨重单调的风格，或者他会被人指责，说他试图写诗？散文中有意为之的节奏从此以后是否会影响我们的听觉，就像有意为之的音律现在所做的那样（即是说，它令人不快，不合时宜）？纽曼是否必须要创造一种新的《自辩录》——就他的风格而言——以与埃米·洛厄尔分庭抗礼？

我并不期望任何这样的结果。完全相反，我认为自由诗在唤醒公众对诗歌的兴趣上，在用当代语言处理当代生活题材上，在说话的调子形成的自然节奏上，都取得了成就，这种成就有助于丰富散文，有助于重新欣赏它微妙的美和功能。最近这些年来，日常出版物中堕落的散文、通俗杂志文章的散漫、流行小说的风格低劣，严重削弱了人们对散文的欣赏力。为了证明、解释这种观念，我需要回到一个较早的论述上——自由诗的作者

---

❶　纽曼（John Henry Newman, 1801～1890），牛律运动的领导人，天主教的神父。——译者注
❷　辛格（John Millington Synge, 1871～1909），爱尔兰诗人、散文家、剧作家，代表作有《西方世界的花花公子》《骑马下海的人》。——译者注
❸　邓萨尼（Lord Dunsany），即爱德华·普伦基特（Edward Plunkett, 1878～1957），邓萨尼是笔名。爱尔兰作家、剧作家。——译者注
❹　《骑马下海的人》，是爱尔兰剧作家辛格的作品，1904 年在都柏林上演。故事写的是一个母亲预见到儿子要葬身大海，但儿子执意要渡海卖马。——译者注

在创作时，内心意识到他并不是在写散文，可以说他不是处在散文的情境中。让我们现在将桑德堡的《小草》再排一下，这一次按照正确的分行来排：

Pile the bodies high at Austerlitz and Waterloo.

Shovel them under and let me work.

              I am the grass. I cover all.

And pile them high at Gettysburg

And pile them high at Ypres and Verdun.

Shovel them under and let me work.

Two years, ten years, and passengers ask the conductor：

                      what place is this?

                      Where are we now?

I am the grass. let me work.

将尸体高高地堆在奥斯特利茨和滑铁卢。

将他们铲到地下，然后让我工作。

        我是小草；我覆盖一切。

将他们高高地堆在葛底斯堡

将他们高高地堆在伊普尔和凡尔登。

将他们铲到地下，然后让我工作。

两年，十年，乘客问售票员，

        这是什么地方？

        我们现在在哪？

我是小草。让我工作。❶

这样直观化地排列，不用声音的帮助，单单眼睛就告诉你这里的节奏是周密安排的，它们相互衔接，没有中断，这即是说，没有任何一段需要

---

❶　引文依据桑德堡在《七种艺术》杂志发表时的排版格式，此处的分行形式已重新校正。——译者注

让耳朵竭力找出节奏来；甚至它们有意地在反复着，它们几乎不弱于音律应有的反复。除了这种视觉的证据外，还有听觉的：将这首富有暗示力的抒情诗大声朗读，它就独特地唱了起来。我并不提它的内容、它大体上抒情诗的主题以及它的形象性的特性（这比它所说的内容更富意义）。除开内容，它的形式明显不是散文的形式，虽然每个个别的节奏可能会出现在散文的句子中，或者，如果分开读的话，这些节奏可能会在帕特森博士实验室的机器中被记录为散文的节奏。

节奏相互衔接，没有中断——这是秘密的钥匙。在写作自由诗的过程中，诗体以节奏为基础，而非音律，尽管如此，诗人服从维持音乐流动的中心要求；他仍然是一个音乐家，根据他维持连续的、和谐的音乐流动的状况，他的诗相应地流动着那种奇特的美，这种美诱引嘴唇唱歌，它给事实和形象魔术的文字材料增添统一的旋律美；这产生了完全的、永恒的整体。当约翰·古尔德·弗莱彻主张自由诗像旧形式一样，建基在一种有音律的规律性上，以诗节为单元而非以诗行为单元时，我认为他也认同这种观点。无论如何，它没有摆脱音乐的约束。不管自由诗有什么样的理论，所有自由诗高超的实践者都意识到他们与旋律有纽带相连，他们需要把节奏控制得如此之好，以至于节奏给读者配好曲调，不让他丢开手。

相反，在散文中，甚至在最富节奏的段落中（如佩特献给莉萨女士的赞美诗中），细致的作家判定优劣的主要标准是：不应延续不断地唱出歌来；音乐和意义的接合像这样过于整齐，将会破坏一种效果，即高昂情绪的强化效果（它是为了给意义、义理注满情感）。如果加进人工的因素，就会破坏它。换句话说，散文必须永远保持记录事实或者观点的"质朴美"；它必须淡泊，至少要有一条腿拖着地走；如果在作者想要表达的任一思想中，感受、情感占了上风，以至于它自动要求维持曲调的呼吸，那时，与作者在以前避忌诗体形式的行为相比，现在就没有更多——可能要少些——采用它的借口了。在阅读散文的时候，不管这个散文是好是坏，或者无所谓好坏，可以确定耳朵多少无意识地选择一种时间单元的律动（就像帕特森博士的说法），然后使词语配合这种节拍，有时将许多音节压缩成一个节拍，有时再把感叹词延长成一整拍；然而通过人类感觉的构造，它一直竭力使正在读的东西大致组织成节奏。当你听钟表嘀嗒时，你也是这样做的。但是，请记着，谱曲的是读者而非作者；这种曲调并不是旋律，而是不变的鼓点。如果散文极难与我们的时拍相合，我们就说它是粗糙的，难以卒读的。如果它合的太过容易，它就变成了唱歌，轻易上口，用不着神经的力量，或者用不着任何肌肉。只有当作者将两种段落交替进行，或者不如说交织起来时，我们才能在散文这最为绚烂的时刻来认识它。第一种段落来自散文笨重的成分、较为直接传达的事实内容（它们仅仅流畅到这种程度：不至于给读者过多的乐段，从而让它们具有规律性）；第二种是作者自己配上曲调的段落，他创造一种有意识的节奏，促使读者跟从它，齐步前进。因为只有在这时，音乐的节奏超然于纯粹的时拍（因为读者的作用，它成为曲调）之上，它轻轻地哼唱起来，带着突然的、惊人的甜蜜，或者内心洋溢着热情，或者浮起黯淡的回忆；我们正理解的作者的思理开始注满情感，它深化我们自己的反应，不用一点人工气来打扰我们。

再回到佩特华丽的段落，大声读这一段：

　　她比她脚边的岩石还要古老；像吸血鬼，她死过很多次，懂得坟墓的秘密；她已成为深海的潜水者，把它们憔悴的日子拢在她身边；她和东方的商人交易，想要奇怪的布料：就像莱达，特洛伊的海伦的母亲，而且，就像圣安娜，圣母玛丽的母亲；她遇到的一切，好比是竖琴和笛子的声音，仅仅居住在色彩敏感的地方，因而给她带来变化的容貌，也给她的眼睑和纤手染上色彩。永生的幻想涵盖了上万年的经验，它是古老的；现代思想认为人性的概念受到一切思想和生活模式的影响，而且本身是这一切思想和生活模式的概括。莉莎小姐确定是这种旧幻想的体现，是现代思想的象征。

这一段容易读，但又不太容易读。除了在某些地方，不会有两个读者一模一样地断句，即不会一模一样地跨过律动单元来组织文句。只有这一句"就像莱达，特洛伊的海伦的母亲，而且，就像圣安娜，圣母玛丽的母亲"，佩特自己主导性地安排了曲调，它的语句短，像香味突然扑鼻一样。

而其余的，是有节奏、有调子的语句，但是它们时有时断，时而消失，这取决于读者，而非作者，它们在词语（这些词语用来传达事实）的坚固、简单的组织中恰当地编织起来。而当将每句拆开，采用自由诗的模式后，一切魅力都烟消云散，我们似乎一路颠簸，其原因就在这里。

　　诗歌作者，不论他写自由诗，还是采用节奏或者音律写诗，从一开始他就配上了曲调，如果他让它顺口而出，情况就更糟了。你不能自由选择时拍，如：

　　　　　　The stag at eve had drunk his fill
　　　　　　Where danced the moon on Monan's rill. ❶
　　　　　　雄鹿在夜晚把河水喝了个饱
　　　　　　让月亮在莫南河上跳起舞蹈。

　　你也不能在下面的诗中自由选择：

　　　　　　Pile the bodies high at Austerlitz and Waterloo.
　　　　　　Shovel them under and let me work.
　　　　　　将尸体高高地堆在奥斯特利茨和滑铁卢。
　　　　　　将他们铲到地下，然后让我工作。

　　可以说，时间在小节开始的地方就标示出来了；自由诗中的时间变化非常频繁，就像现代音乐中的时间和调式的变化一样，但这并不改变基本的事实。你在听音乐，不是你自己强迫（有时候甚至是扭曲）节奏的规律性或者一致性从音节的序列中产生出来，就像散文一样。不用眼睛，只用耳朵，自由诗和散文的基本区别就显而易见了，这真是悖论，尽管嘲讽自由诗的人只用眼睛来区别它们。

　　然而，因为自由诗的音乐，建立在更自然、更口语化的节奏上，而非建

---

❶　这两行诗来自司各特的《湖中妖女》。——译者注

立在人工的音律上，又因为在主题材料上，自由诗往往与我们日常生活接近，而大众习惯于欣赏和享受这些节奏，并将它们与现实的记录联系在一起，因而至少在我看来下面的情况不是一点可能也没有，即大众的耳朵可能更倾向于在散文中聆听这些节奏，他们更倾向于欣赏和享受这样的散文：它并不完全是平淡的，它接近诗歌的激情和视野（往往必须如此），能用一缕它们的织物披在自己身上（就像邓萨尼戏剧中的乞丐，他们在破衣服下套一点绿色的丝线），以便象征它有神圣的起源。

19 世纪的散文与 18 世纪的不同——比如说，佩特或者纽曼或者爱默生与艾迪生不同——这同华兹华斯和雪莱不同于蒲伯一样确定无疑，而且它们都受到相同的影响。如果自由诗想解放使用日常语言的诗，结果自然是我们的散文也想感受到美的加速呼吸；歌声的翅膀带来的一缕荣光，将会洒到谦逊的行人的头发上，他低垂着头行走了很长时间，现在让他重新仰起脸。

（以上部分文章刊于《世界文学》2015 年第 6 期）

附　录

自由诗诗稿

时代的肖像

时代是欲望的粪，
诗人们是苍蝇
从这一堆到那一堆
嗡嗡地，
它们飞飞，闻闻。

雨　后

温热的雨水刺激着山林的神经
天空近在眼前，一张苦闷的画纸，
而欲望的线条多次修改，不能满意
每一天的画作都更加混乱。

梧桐树高高举起权杖
藤类植物公然缔造王国，
它们给春天卖命，但憎恨果实
花开的最多，落的也最多。

2011.3

作 家

春雨烦恼地幻想季节
和生命的若干种答案,
多少人醒来,抱着发热的头
奔跑在怀疑的街道里面?

苦涩的笔满腹心事
关于空白,和意义黑色的谎言,
它是疯狂的烟花,迸散开逼人的美景
转瞬又自我破灭,可怕的阴暗。

2011.4

城　市

思考放逐在城市之外
只喜欢自我灼烧的沙漠，
远古的史诗和英雄主义
都深埋在记忆的墓地……

文字和金属在欲望的空间
取得了何种默契？
窒息的烟雾吞吐着街道
混淆了现在和真实的过去。

2011.4

菜市场的女王

一个卖鸡蛋的少妇
混在皱纹、白头发和黑胡子中间，
身旁是电动三轮车，
她张望着鸡蛋和来客
可能的图案，

静静站着，不吆喝，
她是赤道的孤岛，声音的空洞，
迎击着包围而来的喧闹
匮乏　骚动，

美丽的新装，取悦着季节
却与整个菜场发生对抗，
一切原本已经妥协
颜色和年代
胶鞋和拖鞋，
她尖锐地挑唆所有矛盾
狭隘的女王，

人生的报复　很快来临
老农们狡黠地旁观着
他们的手和脸，绝望的答案，
她轻蔑地打量着刑具
张开嘴笑，现在还不以为然。

2012.1

返乡的民工

揣着已经失效的地图
长年凝固的照片，
他们火红的眼里
什么样的鞭炮在点燃？

回家！这些流浪的野鬼
拖着多少沉重的心事，
一天天撕下的委屈
故作的冷漠。

在警惕的车站，车厢两头
人们在看不见的世界呼吸
真实而且残酷
它许诺每个人生的意义。

啊，放纵、挥霍和倾诉
完全是理所当然，
他们的宗教：烈酒！
发酵着恐惧和满足。

野鬼一样，他们很快消失，
空空的村庄
只有烟草味的姓名
偶尔写在，识字的本上。

2012. 2

公盂山

她太老了
已经记不起什么
门随便开着
总有一个人归来
仰着变形的头
一脸悔恨。

2012. 3

雨要来的晚上

自然的战争
陷入僵持，
风犹豫着
放下进攻的号角
多么血腥的春天！

心情麻木地瘫在地上
呻吟　挣扎，
时间在旁边窥探
一心要报复
膨胀的脸。

2012. 3

深夜飙车的富二代

古老的斗牛士
骑在骄傲身上
让它无奈地发怒吧
冲撞午夜和秩序
力量的神！

生命，不过是恐惧
而激情是野兽
你露出尖锐的牙齿
向黑面孔的世界宣示
干脆呵斥

秩序，需要征服、甚至杀戮
你蔑视它们
愚蠢而狂野的本性
把噩梦留给寂静吧！
它老想躲避
皮肉都被戳破

2012.3

职业介绍人

舌头后面是谎言的深洞
但谎言才是真实
时代的骄子
他们将战胜农村军团
手掌的图腾

到处是拥挤的战壕
可怕的巷战！
光荣的护卫军
晃动着残忍的奖章
向着幻想和轻信冲击

2012. 3

激　情

激情是心灵的革命：
呼吸破坏着躯壳
声和色解放一切，自由的女神！
爱情回到原本的爱情
仇恨成为仇恨
一切向着完美的政治
一律地搏动、前进！

激情过后
世界又都凝固，沉淀
麻木的冬天
到处是蜷缩的枯叶
瘫在时间的地上
一片混乱！

2012. 10

学术的庙宇

神圣的庙宇，多少信徒，
朝你伸出热情的手臂！
视线的火海中，神在微笑
理性和庄严　已经竖起大旗

人们患着普遍的疾病，
成功、权力，互相在传播！
乞讨的波浪奔向
看不见的岛，巨大的旋涡

官府也想结盟，
你给它布置权威的仪式
面对未来的敌人，它就露出
一种表情，那是真理，永恒！

离开时，所有人最终
都成为主人，香火的诺言
已经黯淡，满地里
都是赏钱，明明闪闪。

2012.10

空空的蛋壳

鸟蛋静静地躺在黑暗中。
众生的世界以外，宛然另一个世界。
时间虚幻地抚摸着它，不为所动。

它最终要啄破蛋壳，啄出意识的星球。
像阳光虚构着白天，它虚构生命，
耗尽它所有的色彩。

空空的蛋壳，留在原地，
一段令人伤心的史诗，还等待着它的英雄
有一天，重新回来。

2012. 11

江郎山三首

(1) 看风景

走在山路上，
每颗游子的心
都预备终点的风景。

以后很简单，
无非是照镜子
故意检查一番。

(2) 冬天没落的叶子

心思真像是冬风
催一遍
再催一遍

风迫不得已
走走，停停
落在后面

(3) 断章

每座山都有了名字
跟着你奔跑

2012. 12

杂感诗一首

峥嵘的群山
弯曲曲的街市
满脸雾霾的时间
都模糊一片了
褪尽了
没了……

空白的世界
看雪
涂掉一切名字。

2013.1

雨打在车窗上

看黝黑的树枝
像千万个痛苦的触角
骤然收缩，扭动；

远方，春天奢华的蜡笔画，
快速地晕开，
越游越近。

眼前的一切，原来这么荒唐，
它们受不了透明的节奏
还硬要随着它流淌。

2013.3

女　儿

风吹到院子里
快乐的颜色
到处都举起来
想要给你

有时也会
恼了原来的规矩
长舌头的植物
最爱生气

2013.4

事　务

躲在西边
一直盯着早晨
阴影的爪子
越伸越长

它借来爱情
软软的丝线
时间站在现场
一点也不哀怜

2013.4

夏　天

爱情把春天
出卖给夏天
颜色笑开的脸
又都正经起来

树是一本辞典
长满意义的果实
风还宠着它们
还没拿走自己的种子

2013.4

每次想到这

每个人
都是习作

情感
是颜料

等到涂黑了
撕掉

每次我都想
放下行囊

就在这
就是现在

2013. 11

站在天桥上

看一重重楼
深秋的一棵棵树
晃荡着颜色

每片叶子
都有一个临时的名字
都在微笑

2013. 11

家　庭

雪花在鸟窝的外面
牵引着
小鸟的孤独

大鸟外出后
时间的树枝
一直在生长

2014.4

小　花

都张着圆圆的嘴
和阳光说笑

风还没载它们
离开纤细的家

2014.4

中　年

像一棵含羞草
变出几粒种子
一粒给女儿
一粒给妻子

苦掩在书里
爱在海滩上
尖叫着
不怕海浪

2014.8

寓　言

她喜欢阳光
老是跟着你
就有了城
有了家

一到晚上，
就有人出来对质
怕她走
才是烦恼

2014.8

海　螺

她不是透明的鱼
是敏感的
软体动物
需要斑斓的壳

幸福是阳光
与触角的一次邂逅
痛苦永远缩在
黑暗的角落

2014.8

城 里

每晚
我都像芭蕉一样剥落
最后散开
一床的骨头

嘴蠕动着
爬回油腥的餐馆
然后像死去的蚯蚓
摊在盘子上

记忆的皮囊
沿着橱窗飘荡
然后松垮垮地挂起
进入玻璃的梦乡

2014.8

离　别

一飘走
就变成书
在最深的抽屉里
藏着

发痒的
触手
不停地拨弄
哪有秘密

2014.8

给老师

坐在高山上

惊叹那真实的语言
多么晶莹

于是怕阳光
引燃绚烂的情感

只爱夜

2014.8

成　功

可恨的太阳
到处引诱绿色的
文字
胡乱生长

意义无非是
一个词
和另一个词的
相对高度

2014.8

两个时辰

夜晚，
有柔软的热带鱼
领着羞涩的妹妹
潜到我的身边
吐出
隐秘的诺言

而白天
空空的珊瑚石上面
都是过客
都咬着牙齿
像风旋转着树冠
满天的灰色裙子

2014.8

阴　谋

古老的树藤
围绕着
你的野性
围绕着冷酷的石头

每一朵花
都串在一起
有不同的笑意
都是阴谋

2015.1

秋　天

强盗回归的季节
各种报复的火苗
都烧了起来。
什么样的怨仇

血腥在蔓延
财富和爱情
倒在地上，无法逃脱。
意义在坠落

2015.1

破碎的语句

序　言

这部诗集共由十四首诗构成，都是短诗。最开头的一首诗，写于 2000 年，最后一首诗作于 2011 年，大致十年的时间。

集子中最早的诗，是我读大二时写的，当时 21 岁。这个时期，我读了很多海涅、泰戈尔的诗，向往自然、清丽的诗风。后来读书、求学、工作，渐渐地诗兴干涸，写的越来越少。虽然这十年写的少，但在风格上开始有了新的变化，这些诗构成了一个集子《熟悉的和陌生的》。说到这个名字的由来，其实也很偶然，修改的时候，我意外发现集子中的诗，常出现"陌生""熟悉"的字眼，多的都让人不好意思。后来一想，觉得这两个字特别，对我肯定有不同寻常的意义，那干脆就这样命名吧。

编好《熟悉的和陌生的》，我从其中挑出十几首诗来，另成一集，为《破碎的语句》，这就是这部诗集的由来。因为这十年，我慢慢地厌烦了诉说，厌烦了语法。诉说，可能就是诗歌的一个代名词。但是，诗人究竟有什么大不了的事情，非要让人来听呢？这个时代，生活方式渐趋一统，人与人的差别愈发模糊，诗人的"歌唱"和路人说话没什么两样。对于语法，我也冷淡了。词语本来把世界窜改一次了，而语法再宰割一次。就世界的真实性而言，语法可谓为罪恶杀手，事件和心灵在语法的裁判所里，面目全非。语法尤其是个暴君，它给你规定好一套规则，阅读必须要听从它的吆喝。在高高的语法面前，每个人都好像变成被人驱赶的牛羊。在诉说和语法的法律下，写诗无非是诗人汰选一己之情，然后把它转成一个严密的建筑物，一张铁网，读者们低着头，进进出出，有条不紊。托尔斯泰通过一匹马，得出这样的结论："马靠行动本身行动，而人盲目地靠着词语来行动。"这绝不仅是幽默，这是人类文化生态的写照。

　　我还想谈谈意义，虽然很多人谈过，但我觉得这里有必要再解释一下。意义不是冷冰冰的纪念碑，它坚固地耸立在那里，人们只是前来瞻仰。意义是活动的，它是翻腾的气，是流下的水，它一直在改变，它痛恨零度。意义不是一个静止的空间，它是一段变动的时间。意义存在于一个过程中，它永远是进行时，而静止的过去，不过是它的鸿爪雪泥而已。

　　意义存在的过程，就是人的阅读心理。接受主义对于这个问题已经谈的太多，但我还有不同意见。在伊瑟尔看来，阅读心理是一种不断地回顾和展望的过程，读者读到某个地方，可能会回想以前的某些细节，可能也会预测随后的情节。我觉得伊瑟尔理论的有限性，在于稳固的文本结构上。真正的意义并不是来自文本结构，一种强制的秩序。意义当然要借助语法和结构，但本质上是读者重组语法和结构，而不是语法和结构驱赶读者。当读者读诗时，他面对的是第一诗篇，所有语法和结构都浮现出来，形成第一意义，但当读者放下书本，在他脑海里，原有的语法和结构轰然解体，随即重新建立起读者心中的语法和结构，因而生成第二意义，形成第二诗篇。打一个比方，农村里有很多旧房子，残垣断壁，农民往往就地取材，在旧房子旁边又盖成一座新房子。诗篇就好像是一座旧房子，它不是用来强逼人住的，它甚至不是房子，往往只是材料，人们可以自愿建一座新房子。新房子就是第二意义，是读者阅读中的诗篇。

　　有了第二意义，读者才会解放出来，他可以成为建筑工，也可以成为设计师，它真正决定意义的生成。而诗人一旦强制性地做完了一切，他或许会站在一个大理石建筑上自鸣得意，但读者们最终会走开，把傲慢的主人甩在身后。他们有自己的屋子。

　　那么，诗歌该做些什么妥协呢？我觉得，诗歌应该打破语法，诗歌应该放弃陈述。弱化语法，在段落层面，就要打破逻辑体系，在句子层面，就要打破句子结构。放弃陈述，就是避免作者破坏真实、丰富的世界，使诗歌语言的向心力，不再唯一地朝向作者，而是考虑到作者和读者的结合点。

这样就形成了这个集子的作诗法：破碎主义。请原谅我采用这个术语。

破碎主义，就是采用适当的词语、短语，故意让诗句不完整、不连贯，从而避免诗歌过于迷恋作者和语法。在一首诗里，虽然可能有几个小节，但是小节之间并不一定存在逻辑联系；在每个小节间，散布着一些句子的碎片，而碎片可能跨越小节，互通声气，等待读者将它们重新组合起来。而形成的第二诗篇，或者第二意义，它所利用的材料，都非常巧妙地在原诗中分散开。

这样，从时间上看，阅读就不再是一种纯粹历时性的活动，读者每读到一个地方，过去、现在和未来都奇妙地变换着，新来的诗句，不是过去的诗句的目的，而过去的诗句，也不一定是新来诗句的开端；可能要读到第二节，第一节中的某些诗句才会露出真容；这是一种梦幻的时间。从心理上看，阅读不再是纯粹的理解、认知活动，诉诸读者的理性思考；这种传统的阅读，是一种代数思维过程，读者根据传统，必须要寻找到意象、隐喻背后的事物，读诗与其说是一种快乐，毋宁说是一种数学解题；而在破碎主义的诗歌里，读者往往要运用直觉和其他不为人知的心理过程，在一个散乱的世界里，各种信息形成一种复杂的印象网络，在发散、自由的心灵中，它们得以重组。

虽然后现代主义关注碎片，但破碎主义诗学并不是后现代主义的。原因如下：第一，虽然在第一意义那里，意义是破碎的，是断裂的，但破碎主义呼唤的第二意义将会消除这种断裂，重新建立一种新的结构。在第一意义和第二意义间，存在一种文本间的力，它既打破原来的意义，又拉紧新来的意义。因为第一意义并不是全部的诗，它等待着那并不存在的存在。可以说，破碎主义的断裂，是一种假象，在它背后，潜在的统一性准备接受召唤。

第二，破碎主义反对不确定性。虽然读者的阅读，可能具有不确定的结果，但由于"旧房子"提供了足够的建材，"新房子"建成什么样，有大致确定的方向。现代主义反对确定性，原本对于破碎主义反抗语法和陈述，有鼓舞作用，但它有极端主义倾向，使诗歌容易陷入异想天开，最终沦为废话。破碎主义尊重诗歌，它在自由而严肃的意义生成过程中，使诗歌具有了新的伦理——它靠近了读者，但没有背叛作者。

《破碎的语句》这个集子，就是我的这种试验。这十多首诗，虽然有些并不够"破碎"，和《熟悉的和陌生的》中的诗差别不大，但它们记录了十年来，我在这条路上探索的足印。真正的实验，开始于2008年。那时，我在成都躲避地震的无聊时光里，开始厌烦语言，厌烦陈述。有些时候，为了使诗作的结构合乎标准，我不得不在多种感触中左右取舍，但到头来，还是难免有致命的冲突。所以，我隐隐有这种想法，与其作一致的诗，不如作矛盾的诗，与其作整一的诗，不如作破碎的诗。

《那一天有多少蛋糕》，写那一天对某些遇难者而言，可能本应是一个值得庆祝的日子，但时间永远停止了。我不想说出心里的话，诗歌也就成为特别破碎的语句，诗节也裂开了。从这一首诗开始，我又做了其他的试验，在《愁》和《倾诉》里，虽然诗句整体上有一种并列的关系，但正文移开了想说的话。2011年《语言》中，我又回到了《那一天有多少蛋糕》的模式里，但我想激起更加明确的第二意义。

回到刚才的话，集子中的诗，不过都是些将要拆掉的旧房子。我希望读者，包括我自己，能建一座更漂亮的新房子。

——2011年2月于临海雪窗之中

分　辨

我不是蚂蚁
古老的洞穴
咬着米粒的蚂蚁
我是人
城市窟窿里的一个
避雨的房间
成袋的大米
时代的窟窿
集体的洞穴
我是人不是蚂蚁
是蚂蚁不是蚂蚁
不是人是蚂蚁
总之：
我　蚂蚁

2000

碎乱的我们

那时候月饼真圆
那是小河旁边
那么多微笑泪水
那人偎在窗沿

现在接连的账单
如今威权的呼喊
现在我长吁短叹
如今你默默无言。

2004. 3

什么什么

什么样的下午
瞌睡的建筑工
敲打着破碎的语句，
白云一堆二堆
恍恍然地什么，

我看到我们　他们
无所谓做什么
不做什么，
那时风不经意晃过
门偶尔抱怨什么。

2007.4

五月的回忆

震撼的五月
雨夜的低音提琴
人心有灾难的植物
过往的历史
一枚枚晃动的声音

黑羽毛的帐篷
萤火和台灯
一切都飞走了，模糊了
现在的回忆
风后的蒲公英……

2008.5

那一天有多少蛋糕

从此像星星
那一天
有多少家庭的蛋糕
山坡上的眼睛

像往常一样
蛋糕切开
唉，高高的星星
迎春花一样的眼睛

或者从此要
吹落，从此眼睛
永远围绕着
挣扎的心

那一天，阵痛的大地
石榴裂开的心
许多双眼睛从此
永远围绕着我们

2008.10

总　是

你总是羞愧地
告诉
漂泊的我，
蛛网的城里
你呀　总是屏着气
生存的事情，
你安慰的声音
告诉　漂泊的
逃避的，
你总是
告诉我
那些腐蚀的事情。

2008.10

精神病院

一个人
或是一群人
关于历史
围墙深深

一群精神病人
大声宣讲
高高的喇叭下面
一阵阵掌声

病人又笑又叫
词语哆哆嗦嗦
关于上帝、救世主
围墙隔着他们

孩子们在墙外学舌：
"胜利！光明！"
妈妈在喇叭下打盹。

2008.12

愁

当远塔

偷偷地露出

檐儿角儿的时候

当隐秘的春雨

触摸着树林

纤弱神经的时候

当钟声沉重地

从空中落下的时候

当你斜倚着窗子

当窗子推开的时候……

2009.4

倾　诉

想向一个远方
的人
从不见面
一个说话时
眼睛像默视的
镜子
一个声音真实
如同日光下的
田间小路
一个你不觉
释放出隐藏的泪水
然后和她一起
微笑的人

2009.4

推开一扇窗户

推开一扇窗户
游子像风
枇杷树在雨中,
港口的游子
推开回忆的雨水
远远近近的城
纷纷站立
窗外,失落的枇杷树
飘零的风
恍然的梦,
推开江南
盘桓过
一座座城的雨水
擦拭着
游子的梦。

2009.6

电脑上的灰尘

我擦
电脑上的灰尘
它们又爬到
桌子上，
我擦着
脑上的
不知不觉地，它们
书堆上，
我擦着
上的灰尘
它们眼镜上，
擦着脑上的灰尘
它们　头发上
喉咙里
纠缠，冷笑，
我擦着
电脑上的灰尘。

2010.4

秋雨的和弦

那雨是什么时候下的，
一丛丛人
守着无动于衷的时间
守着候车室
暗色霉斑的城市

那冷冷的雨
山下变着脸的候车室
手指抚弄着
诺言与疑问的行囊
陌生的城市

异乡的人们
不安地守着时间之外的火车
干枯的手指
昨天的行囊
一张张揉皱的城市。

2010.11

冬天的话

有许多话
星夜下的寒流
透进一座座建筑
响亮而冰冷,
北方的寒流
透进高高的大理石
冰冷的广播
透进哆嗦的人,
许多话一直南下
透进大理石建筑
和每个人
闭着嘴巴。

2011.1

语　言

语言是一块块石头
建成了城市
和活动的历史，
建成意志的墙
和道路
白的石头　黑的石头
神话的历史，
鲜花的宏大图腾，

历史的铁网
在人们心灵的
草稿纸上
延续古老的禁忌，
语言像烧黑的石头
建筑着集体的面孔
和现代的图腾。

2011. 1

熟悉的和陌生的

陌生友谊

这个城市到那个城市
游动着甲虫一样的眼睛
天空任意地倒换黑白
我们，唉！不需要理解。

你说好久不见，是的
我点头，我点头，你可好
很好！这是回答，但是
我不承认说过什么话。

皮鞋散开，太阳分成两颗
街道一高一低退去
忘一点什么，呼吸呼吸
我又回到安全的自己。

2000

陌生生存

你的眼没有光芒
一只蜘蛛守在那里，
你笑时只有声音
你笑时我看不见你。

我不看你，你不看我
地上两只蚂蚁经过，
蚂蚁不吭一声，我们
嘴动着，也不吭一声。

2000

房　屋

混凝土蹲着高大的身体
粗重的喉音
宣示着不可侵犯，

流浪人
被逐出境
四处徘徊，

夜晚
巨大的呼吸停止，
牙齿连着牙齿
封锁着世界。

2000.4

孤独的秘密

万物的静候中
雪轻柔地走来
这是苍天的表白吗?
一句句说给大地。

晚上，浓雾平地而起
由整个山野
拥向人间深处
那又是大地的回音吗?

人类不理解自然的语言
可孤独却懂得，
我怀着一个秘密
没有人听我诉说。

2000.12

在高楼上

乌云拎起黑裙子
轻轻坐在我的身边，
很多雨滴抿着嘴笑
它们赤着脚跑来偷看。

脚下尽是屋子
人们都缩回贝壳里面，
时间单独陪着我
天晴才返回陌生的人间。

2001.7

两个傻孩子

钢铁的丛林里
我们是两个
顶傻的孩子。

生活常常借眼泪
提醒我们
什么是命运。

我们也偶尔用眼泪
回答生活
什么是爱情。

2001.11

酒　枣

一株弯弯的枣树
给小院捧来阳光
圆枣像红唇
像红唇一样芳香，

一只黑黑的小狗
曾咬过我的衣裳，
它常常追我
常常偎在我的腿旁，

在遥远的北方
有我心爱的姑娘，
她把酒枣泡好
还把小狗抱在膝上。

2002.10

踪　迹

阴暗的宿舍楼
冲向风雨的海洋，
点点飞虫
在这狭小的船舱
结束了光线的梦，
只有风
还托着它们破损的羽翼。

这是现在的踪迹
可哪是过去的生命？
一切都在靠近、远离
欺骗陆地上的眼睛，
什么时候
也不见它薄薄的身体？

2003.5

为什么

这个假期的晚上
除了楼上摇滚的吼声
一切都泡在水里。

呼吸，呼吸！
一群人漂出去，一群人冲回来，
像憋闷的鱼群，无处不在。

抽象的公寓里
抽水马桶嘀咕几句，
甲虫懒懒地撞着路灯。

一个失业的酒鬼
疑惑地盯着我，
又摇晃着走去。

很多人扔掉了雨伞和鞋子，
还有很多雨天，他们说
别再问为什么为什么。

2003.5

农家庭院的大丽花

在我经过的一个夏季
花朵正好开放，
无声的阳光照着她
蓬乱的头发。

她金色的日子里
鸟儿在树枝上打盹，
她也并不在意
不曾有人看她。

在灰色的农村
在凌乱的房前屋后，
她斜倚着身子
习惯了风吹雨打。

2004.8

思人偶得

你在夜的南方
短信如三月的杜鹃

不同的树叶下
心思开开合合

相逢要是秋天
许多果子熟了都落在地上。

2006.5

假如有一辆汽车

一辆废旧的汽车
停在荒野
它的油漆和碎玻璃
告诉人很多事：
它和其他车
大树和绳索……

车主在这里停下
就像雪花落在地上
还有他的车
警察说，
那是一个冬天
雾很多。

最后的过程
像石头上的字一样静下来，
结果是静止的表针
人人都有相似的时间
相似的符号
供人辨认。

但一切都是欺骗
碑文，你不理解人的内心
你冷硬地背离真实
每个表针，实际上
都在等待着另外的时间
一个遥远的门铃。

一个忙碌的下午
我抽出空暇，
想象假如有这样一辆车
它会运送什么？
假如车主顺利
他会期待什么样的情景？

2007.9

他永远等着

有一个亲人
不知道是谁，
他永远在背后等待
用你一生的光阴。

你有时会察觉
他似曾相识的眼神，
虽然你低垂着头
身边是陌生的人群。

2007.11

演　出

晚上还有剧目
观众们
忙着化妆，
很多人
都要来。

旧相识招手
新来的人坐在身边
男人们找来找去。
总是人还没齐
演出就已经开始。

2007.11

散步随感

风儿们知道我来
做了多少准备呀
沿着我要走的地方

每个位置，每件东西
它们都费心地
挪了又挪，

像妈妈一样
它们做完一切
就在背后搓着手，

我踩着季节
感谢每一个路人
都来帮忙。

2008.2

无聊的下午

你想在诗中得到什么？
帐篷的波浪中
我是一个贫穷的主人
疲惫地张罗着
全是徒劳。

找不到你要的意义，
对于我，写作此时
只是一种困乏的姿态，
像一个没烟的人
夹着手指的动作。

2008.5

出 航

途中，看春雨
写下新的史诗的
第一行，
也可像少年一样放歌
像老年一年浅酌。

岸上的灯光
早褪色于昨日的雾中，
而陌生的城市
散开一千个港口
风都在心中。

2009.2

巾山的明塔

那天晚上
亮起的双塔，睁着眼
凝望着你
贴近，贴近……

无数波浪涌向海岛
激起了多少浪花和心声？
巾山下，一千个窗户
一千座佛像。

2009.2

雨夜冥想

雨滴
扁扁的
在窗外，
在垂下眼睑的
夜
扑扑簌簌

时间不停地在
清理
在布置
或者在准备着什么，
我们
毫未发觉

意识和心灵的
触角
伸出窗户
越过　一千座静谧的山
宛如孤单单的一只
布谷鸟
在这个夏天
四处寻找
自己衔落的心声

啊，叶子
绿着的时候
黄的时候
云铺的时候

雨落的时候
好像都覆盖在
过去的颜色下面

这个平常的夜晚
我看到了家停泊的地方
看到了　窗户下
沿途摇曳的灯光

2010.6

后记：诗和我

　　我对自由诗的关注是由来已久的。早在读师范学校时，我就开始学做自由诗，主要是模仿雨果、济慈等人的中译本。因为爱好文学，所以保送读大学时，我放弃了河南大学和河南师范大学的生物学、教育学专业，而是选择了信阳师范学院，入学时间是 1998 年。

　　那时的信阳师院师资薄弱，不少课是本科生教本科生。课堂虽然乏味，但好在有诗相伴，所以也不觉得空虚。本科期间，我完成两卷习作，这些诗只有极少数编入了本书附录的诗集中。我还熟悉了新月诗人的作品，也读过不少九叶诗人和海子的诗，但最喜欢的是顾城。我觉得顾城最好的诗，不是在描写，或者抒情，他将最私人化的体验酿成了意象。当你通过意象进入秘密的诗境中时，身边所有的事物都变了，都有了新的心灵的意义。这时，你就成了兰波所说的"通灵人"（我更喜欢用"先知"这个词）。

　　2005 年，我进入中国新诗研究所读研究生，选择它，自然还是诗的原因。进去之后，才发现原来研究所主要不是研究诗，而是研究理论。身边的同学，也有写诗的，如现在西安外国语大学任教的邓艮和乔琦，但更多的是不读诗不写诗的人。这让我感到失望和孤独。经过一年的煎熬，我最终放下了诗歌创作，将学术研究作为新的主业。从此我的生活方式也改变了，从一个逍遥派变成一个老学究。研究所的吕进、蒋登科和向天渊先生，都曾给我有益的指导，陈本益先生诗歌形式的课程对我有很深的影响。在四川大学读书期间，我选择的博士论文题目，是 20 世纪中国诗律观念的研究。我相信，这个题目与西南师大时期的学习是分不开的。

　　博士毕业之后，我在浙东的临海找到了一份教职。稻粱的问题终于解决，可以认真思考一下自由诗了。一来，这是对我写诗的一个总结，二来，也是对多年读书思考的一个梳理。于是从 2010 年起，我的主要精力放在了翻译和阅读自由诗理论上，翻译的成果有一部分刊发在《世界文学》上，并收进本书；至于阅读，几乎英文关于自由诗的材料我都搜集到了，有些材料实在难以获得，我就心痒难忍，不惜重金也要从国外购回。如我曾买回 1916 年全部的《新共和》杂志，只为了一睹斯托勒《自由诗的形式》一文的真容。当代学者的著作，如威士林（Wesling）和阿特里奇（Attridge）的书，我也购买了回来，而且还和作者写信沟通过。

2011 年，我偶然见到傅浩师发表的自由诗论文，于是贸然去信，得到老师热情的回复，于是开始了两年通过邮件联系的师生情谊。老师不仅精于英诗翻译，而且自己作诗，可以说得到了诗家三昧。主要因为自由诗的因缘，我才得以沐浴春风。2013 年，我进入中国社科院外文所做博士后研究，仍然是自由诗的题目。老师每周二到所里，针对我的译诗作业，给我上英诗翻译课。一年下来，我的英语语法和英诗翻译都上了台阶。

以上就是我写诗和研究的基本经历。

这本书出版后，我不知道还会不会写诗，也不知道是否还会继续研究法国和日本的自由诗，因为许多偶然的事件会改变一个人的思想轨迹。遇到傅师后，我更加关注自我的问题，对于佛学和基督教神学的兴趣渐笃；人到中年，心绪恬淡，似乎诉说的冲动越来越小。这些会不会是与自由诗告别的征兆？我不知道。我想诗性的东西总会存留下来的，不管我有几个面孔，是诗人，还是学者，还是修道人。

这本书，就是对曾经的一段生命的纪念。